くそっ！　考えてる暇はない！
「エマ！　しっかり歯食いしばっとけよ！」
「え？　え？　タ、タロウ、まさか……」
俺はエマの襟首を咥えると、
馬車を蹴り、
他の馬車や荷物を飛び渡り――。

そこにはカルシュと同じく、
騎士団の純白のマントを羽織った
男の姿があり、
その手が黒い槍状に変化して
伸びているらしかった。

「奴が創造神……
すべての元凶か」

バンッ、と勢いよく扉が開かれ、一人の少女が飛び込んできた。
「ツカサ様！ ようやくお会いできたっすね！！」
ミリル・プレーシス
『白銀騎士団』のメンバーで
ツカサとは旧知の仲。

フェンリルに転生したはずがどう見ても柴犬

FENRIR ni tensei shitahazuga domitemo SHIBAINU

柴犬(最強)になった俺、もふもふされながら神へと成り上がる

vol.2

六升六郎太
Rokumasu Rokurouta

ill. にじまあるく

口絵・本文イラスト　にじまあるく

Contents

FENRIR ni tensei shitahazuga domitemo SHIBAINU

vol.2

【一巻のあらすじ】

狼《おおかみ》をかばってトラックにひかれ、フェンリルに転生して異世界で唯一神《ゆいいっしん》を目指すことになったタロウ。だが、女神《めがみ》リリーの「フェンリルぜんぜんかわいくないっ」の一言で外見を柴犬《しばいぬ》に変えられてしまった。

その後、ソフィア、ツカサ、エマと共に『フェンリル教団』を結成。エリートオークを討伐《とうばつ》し、霊泉《れいせん》を掘《ほ》り当て、神鬼《しんき》を討伐するなどの目覚ましい活躍《かつやく》をみせた。

そんなタロウたちに、神鬼と行動を共にしていた女、エリザは「ヴォルグという町には近づくな」という不穏《ふおん》な言葉を告げる。

◇◆◆◇◆◆◇◆◆◇◆◆◇◆◆◇◆◆◇◆◆◇

［ステータス］

〈名前〉タロウ
〈種族〉フェンリル
〈職業〉使《つか》い魔《ま》
〈称号《しょうごう》〉犬神フェンリル

体力：７０００
筋力：４７００
耐久《たいきゅう》：３２００
俊敏《しゅんびん》：５５００
魔力《まりょく》：１０２００

〈神格スキル〉：《狼の大口《ネメシス・アギト》》・《影箱《かげばこ》》・《超嗅覚《ちょうきゅうかく》》・《混沌の残像《ケイオス・デジャヴュ》》
〈通常スキル〉：《麻痺《まひ》無効》・《麻痺牙《パラライズ・ファング》》・《瞬光《しゅんこう》》・《念話》

プロローグ

その日、リラボルの町の冒険者《ぼうけんしゃ》ギルドは多くの人で賑《にぎ》わっていた。

冒険者だけではない。町の住人や、カフ村の村人、その他に遠方からも大勢が駆《か》け付け、ごった返した人々は冒険者ギルドの建物の外にまで溢《あふ》れかえっていた。

俺《おれ》はその中心で、ソフィア、ツカサ、エマと横並びになり、集まった人々をぐるりと見回した。

「すごい人数だな……。これってそんなに大層なことなのか？」

周囲の人と比べて驚《おどろ》くほど白い肌《はだ》に、気品のある金色の髪《かみ》を揺《ゆ》らして、ソフィアも俺同様、きょとんとしながら首を傾《かし》げた。

「さ、さぁ？　どうなんでしょうか？　三百年前にはそういう制度自体なかったので、よくわかりません……」

対面する位置に陣取《じんど》っていたギルド職員たちの中で、ソフィアが冒険者として登録した時に手続きをしてくれたギルド職員、モリアは一際《ひときわ》目立っていた。というのも、モリアは自分自身の低い身長をごまかすため、一人だけ椅子《いす》の上に立っていたからだ。

モリアは相変わらずの生意気そうな目で、口角を緩《ゆる》めながら言う。

「大層なんてもんじゃないよ。ここ数百年の歴史で、こんな話は聞いたことがない。君たちはそれほどのことをやってのけたってわけさ。もっと胸を張りなよ、犬神様」

犬神様、ね……。

前はフェンリルだって言っても信じてもらえなくて、犬の使《つか》い魔《ま》扱《あつか》いだったのが随分《ずいぶん》よくなったもんだ。

真っ黒な薄手《うすで》の服に身を包み、太ももにはトレードマークともいえるクナイを巻いたツカサが、褐色《かっしょく》の頬《ほお》を少し紅潮させている。

「あたしも長年冒険者をしているが、同じような事例は知らないな。……だが、うむ。悪くない気分だ」

背負っている大荷物から干し肉を取り出し、むしゃむしゃとしゃぶりつくエマは、不満そうに顔を歪《ゆが》めていた。

「お腹《なか》減った……。まだ終わらない？」

食べながらお腹減らしてらっしゃる……。

俺たちの目の前にズラリと並んだギルド職員たちから、初老の紳士《しんし》が一歩こちらへ踏《ふ》み出すと、『フェンリル教団』のメンバーの顔を一人一人確認《かくにん》してから深々と頭を下げた。

「冒険者ギルドリラボル支部、所長のウォルレ・グーテルと申します。しばらく遠出しておりましたゆえ、フェンリル様へのごあいさつが遅《おく》れて申し訳ありません」

クルリとはねた白い髭《ひげ》に、磨《みが》かれた革靴《かわぐつ》。気品に満ち溢れた所作は、どこぞの貴族と言われてもまかり通るだろう。

「いや、別に構わん。誰《だれ》だって何かしらの事情はあるもんだ。俺がこんな姿でフェンリルやってるのと似たようなもんだろう」

こんな姿、とは言わずもがな、フェンリルとして転生したはずが、かわいくないという理由だけでその外見を柴犬にされてしまった俺のこの姿のことだ。

あぁ……。転生の時に見たあの姿はかっこよかったなぁ……。はぁ……。

その後、ウォルレ所長は一枚の白い紙に目を落とし、あぁだこうだと堅苦《かたくる》しい挨拶を述べたあと、その白い紙を俺に差し出し、こう言った。

「――あいさつが長くなりましたが、フェンリル様。よくぞ……よくぞ、邪神《じゃしん》『神鬼《しんき》』の討伐を達成してくださいました。恐《おそ》れ多くもその功績をたたえ、本日より、『フェンリル教団』をFランクパーティーから、Bランクパーティーへと昇格《しょうかく》させることを、ここに宣言いたします！　邪神『神鬼』は、訪《おとず》れた町を次々と滅《ほろ》ぼす荒《あら》くれの神……。きっと、フエンリル様が討伐してくださらなければ、リラボルの町も神鬼の魔の手に堕《お》ちていたことでしょう。フェンリル様……いえ、『フェンリル教団』の皆様《みなさま》、本当に……ありがとうございました」

ウォルレ所長から差し出された、Bランクパーティーへの昇格を示す証明書をソフィアが受け取ると、周囲からどっと歓声《かんせい》が上がった。

「うおぉぉぉぉ！　犬神様バンザイ！　犬神様バンザイ！」
「Fランクから一気にBランクだなんて聞いたことねぇよ！」
「すごい！　さすが犬神様ね！」

俺たちはこの日、神鬼を討伐した功績を評価され、最低のFランクから、一気にBランクへと昇格した。

正直これがどの程度すごいことなのか俺はいまいち理解しきれていないところもあるが、元の世界でいうところの、小学生が大学へ飛び級したとかそんなところだろうか？

いや、よくわからんけど……。

場が歓声に包まれる中、対面にいたモリアが近づいてきて、こっそりと俺に耳打ちした。

「本当は一気にAランクに上がっててもおかしくなかったんだけどね。Bランクのまま何年も足踏《あしぶ》みしてるパーティーってたくさんいるからさ。君たちには余計な揉《も》め事《ごと》を背負ってほしくなくて、今回はBランクに留《とど》めておいたんだよ」

つまり、Fランクから一気にAランクに上げてしまうと、他の冒険者から嫉妬《しっと》されるってわけか……。この世界にもいろんなしがらみがあるんだなぁ。

そんな祝福ムードの中、どこか慌《あわ》てた様子の声が割って入る。

「所長、少しよろしいでしょうか？」

穏《おだ》やかな口調ではあるが、声の主であるギルド職員は一通の手紙を握《にぎ》って鬼気迫《ききせま》った表情を浮《う》かべている。

ウォルレ所長は一瞬《いっしゅん》眉《まゆ》を顰《ひそ》めるが、ギルド職員から手紙を受け取り、それに目を通すと、どっと深いため息を吐《つ》いた。

「またヴォルグで犠牲者《ぎせいしゃ》が出てしまいましたか……」

唐突《とうとつ》にウォルレ所長の口から出てきたヴォルグという町の名前に、俺たちは揃《そろ》って息を呑《の》んだ。

ソフィアが小声で言う。

「ヴォルグというと……あのヴォルグでしょうか？」

「あぁ。だろうな」

手紙に目を落としたまま青ざめるウォルレ所長にたずねる。

「ウォルレ所長、なにがあったのかを教えてくれ」

ウォルレ所長は一瞬戸惑《とまど》いの表情を浮かべるも、俺の問いに答えた。

「最近、ヴォルグという町の近くに新種のモンスターが出現し、人々を襲《おそ》っているんです……。もうすでに冒険者を含《ふく》め、多くの犠牲《ぎせい》が出ています。……そして、その新種のモンスターを討伐するために大規模クエストを発行したということで、ここリラボルからも手練《てだ》れの冒険者をよこしてくれないかという手紙がたった今届いた次第《しだい》です……」

ヴォルグという町については、大まかな情報はすでに把握《はあく》している。

リラボルからは馬車で三日はかかる距離《きょり》だ。

大規模クエストと言うからには、複数のパーティーが合同で、その新種のモンスターとやらの討伐にあたるということだろう。

だが、もしもその敵が、神鬼のような、人の手ではどうしようもない神の存在であれば……結果はどうなるか目に見えている。

「ウォルレ所長、その話、俺たち『フェンリル教団』が引き受けよう」

そう言うと、ウォルレ所長は目を丸くした。

「し、しかし！　相手は新種のモンスターで、すでに多くの冒険者が返り討《う》ちに遭《あ》っているんです……。町の恩人であるあなた方を、そんな危険なクエストに向かわせるわけには……」

「危険だったらなおさら、Fランクから一気にBランクに上がった俺たちの出番だろう？　それとも、冒険者のランクってのはお飾《かざ》りのものなのか？」

当然のことを言っただけだが、ウォルレ所長は目を白黒させ、ふっと小さく口角を緩めた。

「あなたは噂《うわさ》通り、本当に我々人間寄りの考え方をしておいでなのですね……。要《い》らぬ気《き》遣《づか》い、真《まこと》に申し訳ございません。改めて、わたくしの方からお願いいたします。『フェンリル教団』の皆様、どうか、ヴォルグを救ってはいただけないでしょうか？」

俺たちは一度顔を見合わせると、言葉も介《かい》さず、当然のように大きく頷《うなず》いた。

「そのクエスト、俺たち『フェンリル教団』が引き受ける！」

第一話『柴犬とヴォルグ』

馬車に揺られること三日。

「タロウ、そろそろ到着《とうちゃく》するぞ」

ツカサに声をかけられ、あくび混じりで馬車の前方を見るが、そこには森が広がっているだけで、ヴォルグの町らしきものは確認できなかった。

「なんだ？　まだ着いてないじゃないか」

「いいや、よく見ろ」

「んー？」

そのまましばし待っていると、森の木々が左右に分かれ、突然《とつぜん》目の前に仰々《ぎようぎよう》しい石壁《いしかべ》が出現した。

「おぉ！　ここがヴォルグか！」

それまで俺と同じように眠《ねむ》りこけていたソフィアも、眠たそうな目をこすりながらズンと俺に覆《おお》いかぶさるようにして前方を見やった。

「へぇ、中々立派ですねぇ。ま、私の故郷ヴィラルほどではありませんけど」

「いちいちマウント取るなよ……」

「鬼が出るか、蛇《じゃ》が出るか……。どちらにせよ、エリザさんの話を聞いてからでは心躍《おど》りませんね」

「……まぁな」

俺たちは以前、神鬼《しんき》を討伐した後、神鬼と行動を共にしていた女、エリザからヴォルグの話を聞いていた。

◇　◇　◇

あれは俺たちがBランクへと昇格するよりも前の話だ。

リラボルの冒険者ギルドの地下には、法を犯《おか》した冒険者を捕《とら》えておくための牢獄《ろうごく》がある。

神鬼に与《くみ》していたエリザもそこに入れられることになったと、後から聞かされた。

そして冷たい牢獄の中で、俺に噛《か》み千切られた右腕《みぎうで》があった肩《かた》を押《お》さえ、質素なベッドに腰《こし》かけたエリザと対面した。

エリザは右目につけた眼帯越《ご》しでもわかる、どこか晴れ晴れとした表情で、檻《おり》越《ご》しに集まった俺たちに視線を移す。

「あら。全員揃ってなにか用かしら？」

この場には俺の他に、ソフィア、ツカサ、エマも同行している。

「俺たちがどうしてここに来たかなんてわかってるだろ」

「さっぱりわからないわね」

後ろで、エマが不安そうな表情でツカサの後ろに隠《かく》れているのがわかった。

そりゃそうだ。エマはこの女と神鬼に攫《さら》われ、怖《こわ》い思いをさせられたのだ。

本来ならばこの場に連れてきたくもなかったが、エマがどうしてもエリザに会っておきたいというので、渋々一緒《しぶしぶいっしょ》にここへ来ることになった。

あの時のエマの泣き顔を思い出すと、俺は今にもエリザに飛び掛《か》かりたい衝動《しょうどう》に襲われるが、ぐっとこらえて冷静に言葉を紡《つむ》ぐ。

「ヴォルグという町には近づくな、っていうのはどういう意味だ？」

「ふぅん……。あの看守、律儀《りちぎ》にあんたたちに伝言を伝えたのね」

「簡潔に答えろ。ヴォルグにはなにがある？」

「……さぁ？」

「おい！　いい加減に――」

「ちょっと待って。何があるのかはほんとに知らないのよ」

「……なんだと？」

エリザは小さく頷くと、右目の眼帯にそっと触《ふ》れた。

「私の魔眼は、広範囲《こうはんい》の魔力探知をすることができる。だから、神鬼が陥落《かんらく》させるのにちょうどいい町の選定を任されていたの……。けど、あのヴォルグという町に関しては、神鬼は近づくなり、ぼそっとこう言ったのよ――」

痛むのか、エリザは右肩《みぎかた》を強く押さえて続ける。


「――『この町は分が悪い』ってね」


「分が悪い？　……つまり、神鬼はヴォルグを陥落させられないと自分で判断したってことか？」

「ええ。神鬼は素敵《すてき》スキルを持っていなかった。だからただの野生の勘《かん》だろうけどね。ヴォルグには偶然《ぐうぜん》立ち寄っただけだから、私も魔眼で見てなくてはっきりしたことはなんとも言えないんだけど、唯一断言できることは、あの傲慢《ごうまん》で自信過剰《かじょう》な神鬼が尻尾《しっぽ》を巻いて逃《に》げ出すほどの何かが、ヴォルグの町にはあるかもしれないということだけ」

「つまり……他の唯一神候補、それも神鬼より力のある奴《やつ》がいるかもしれないってことか」

「でしょうね」

「……わかった。聞きたいことはそれだけだ」

そのまま牢獄を去ろうとすると、エリザは檻越しに声を張った。

「まさか、ヴォルグに行く気じゃないでしょうね？」

「だったらなんだ？」

「……はぁ。神鬼を倒《たお》してくれたお礼に、忠告のつもりで教えてあげたんだけどね。いいわ。死にたいなら好きにしなさい」

エリザの言葉を最後に再び歩を進めようとすると、エマが何故《なぜ》か立ち止まっているのに気がついた。

「エマ？　どうした？　帰るぞ？」

それまでツカサの後ろに隠れていたエマは、ぐいっとエリザの方へ身を乗り出すと、おどおどとした様子でたずねた。

「あなたはあの時……本当にボクを殺そうとした？」

エマの問いに、エリザは一瞬《いっしゅん》目を逸《そ》らし、どうでもよさそうに適当に答える。

「何言ってるの？　当たり前でしょ？」

「……ボクは、そう思わなかった。あの時伸《の》ばされたあなたの手は、まるで、ボクを押しのけようとしてるみたいだった……」

エリザは小さなため息を吐くと、

「だから子供は嫌《きら》いなのよ」

と一言だけこぼし、それ以上口を開くことはなかった。

◇　◇　◇

現在。ヴォルグの町。

ウォルレ所長が用意してくれた馬車から降り、町中へと足を踏み入れた。

一見すれば、リラボルの町と大差はないように思えるが、決定的に違《ちが》うところが一つあった。

「やけに冒険者が多いな……。それに、昼の稼《かせ》ぎ時だっていうのに閉まってる店も多い」

リラボルでは冒険者よりも、普《ふ》通《つう》に暮らしている住人たちの方が圧倒的《あっとうてき》に多いのだが、ヴォルグでは視界に入っているほとんどの人物が、剣《けん》やら杖《つえ》やらを持った冒険者であることがわかった。

ツカサはどこかから取り出したフード付きの外套《がいとう》をすっぽりと頭からかぶり、

「新種のモンスターとやらのせいで物資の調達ができないから、閉まっている店が多いんだろう」

ついで、ソフィアも続ける。

「それにしても、なんだか冒険者の方々も血気盛《けっきさか》んというか……。あ、ほら、あっちでもこっちでも殴《なぐ》り合いのケンカをしてますよ！」

ソフィアの指差した先では屈強《くっきょう》な男たちが殴り合いをしており、周囲にいる冒険者たちはそれを止めるでもなく、冷やかすように野次《やじ》を飛ばしている。

「ま、腕《うで》っぷしに自信がなけりゃ冒険者になんてならないだろうし、そんな奴らが集まれば治安は悪化するのかもな」

「ひぇぇ……。タロウ様、ツカサさん！　私とエマさんから決して離《はな》れてはいけませんよ！　私たちから離れた瞬間《しゅんかん》『フェンリル教団』の総人口が半分になると思ってください！」

相変わらず死ぬ覚悟《かくご》が早すぎるぞ……。

ま、俺が一緒《いっしょ》にいたところで、犬の散歩してる無防備な女の子扱《あつか》いされて、どうせ絡《から》まれるんだろうけどな……。

「それで――」

とツカサに視線を向けると、あからさまに気まずそうに目を逸らされた。

「――ツカサはどうしてフードで顔を隠してるんだ？」

「いや、別に隠してなどいないぞ……」

「いいや、それは嘘《うそ》だな。鍛《きた》えた筋肉を他人に見せつけることが生きがいのお前が、好き好んで肌を隠すはずがない。それに、ここに到着する前だって、まだヴォルグの町が見えてなかったのに、ヴォルグに到着したことに気づいただろ。何か隠してるのも匂《にお》いでバレバレだぞ」

「う、うぅむ……。タロウにはかなわんな……」

と、そんなことを言っているそばから、エマがトコトコと一人で町中へと歩き出してしまった。

ソフィアが慌ててその背中を追いかける。

「ちょ、ちょっとエマさん！　ステイですよ、ステイ！　私たちは暴力の前では無力なんですから！」

「こっちからおいしそうな食べ物の気配がする」

「そんな怪《あや》しげな気配に引き寄せられちゃいけません！」

エマの言葉が気になり、改めてスンスンと周囲の匂いを嗅《か》いでみると、たしかに香《こう》ばしい肉の焼ける匂いが漂《ただよ》っていた。

なるほど。食べ物があるのは本当らしいな。

……で、なんでエマはフェンリルである俺の鼻よりも先に食べ物の存在を感知してるんだ？　相変わらず料理人としてのスキルだけは突出《とっしゅつ》してるな……。

「ま、誰しも話したくないことはあるしな。そのうち気が向いたら教えてくれ」

ツカサにそう言うと、「うむ」とだけ小さく返ってきた。

第二話『柴犬と肉串《にくぐし》』

全員でエマのあとを追いかけると、やはりというか、ポツンと屋台が現れた。

屈強な店主のいで立ちを見る限り、元冒険者とかそんな感じだろうか。多少腕に自信があるから、新種のモンスターが出現しても構わず仕入れに出かけられるし、荒くれ者の冒険者がのさばってても気にしないってわけだ。

「へいらっしゃい！　お？　また新しい冒険者か！　どうだ！　今はちょっと値段は張るが、味は確かだぜ！」

屋台には、ブロック状に細切れにされた肉が串に刺《さ》され、こんがりとまんべんなく焼かれている。

肉には甘辛《あまから》い香りを放つタレが塗《ぬ》られていて、真っ赤になった炭に滴《したた》り落ちると、ジュッ、と心地《ここち》よい音と一緒に、一気に食欲を湧《わ》き立たせる香りが広がった。

うまそうが過ぎる！

「タロウ様！　涎《よだれ》がすごいことになってますよ！」

「なぬっ⁉」

ソフィアに言われるまで気づかなかったが、その肉串の香ばしい香りにやられ、口《くち》の端《はし》からはダラダラと涎が垂れてしまっていた。

「ソフィア！　一本買おう！　これ絶対うまいやつだから！」

「もう……。一本だけですよ……って！　たっか！　だめですよタロウ様！　肉串一本でいい宿一泊《ぱく》分しちゃいますよ！　ぼったくりですよ、ここ！」

店主は気まずそうに顔をしかめ、

「ぼったくりって……。あのなぁ姉ちゃん。最近、この辺りじゃ仕入れに行くのは命がけなんだぜ？　そりゃあそれ相応に値段も上がるってもんさ」

「上がるにしても節度というものがあるでしょう⁉　タロウ様、こんなぼったくり店で買い物なんてしちゃだめですよ！　ただでさえ、私たちが霊泉《れいせん》宿を数日空けるので、その分多めに人を雇《やと》って人件費がかさんでるんですから！　それに、エマさんがここにいる間は霊泉饅頭《まんじゆう》が作れなくて収益も減ってますし……」

「おい！　エマはさらっと肉串食ってるぞ！　あれはいいのか⁉」

「エマさんにはあらかじめ、料理の研究のためにいくらか渡《わた》していますからね……。その中から出す分には構いません……。まぁ、この分だとすぐに使い切っちゃうでしょうけど

「……」

「ズルい！」

「ズルくありません。前にも言いましたが、エマさんはうちの稼ぎ頭《がしら》なんです。多少無理してでも、いろんな料理に接して今よりもスキルアップすれば、それはそのまま収益に繋《つな》がるんです。ま、先行投資というやつですね。わかったらさっさと冒険者ギルドに行って、正式にクエスト受注の手続きを済ませましょう」

「……はぁ。わかったよ。我慢《がまん》すればいいんだろ。我慢すれば……」

「そんなに落ち込《こ》まないでください。あとで私がわしゃわしゃしてあげますから……って、タロウ様？　何してるんですか？」

ソフィアが不思議そうに首を傾げてこちらを見つめているので、どうしたのかと自分の体を見ると、無意識に俺の体はゴロンと仰向《あおむ》けに転がってしまっていた。

「んなっ!?　いつの間にこんな体勢に!?」

「タロウ様、まさか駄々《だだ》をこねてるおつもりですか？」

「い、いや違うんだ！　ほんとに体が無意識に動いて！」

「はぁ……。まったく。なにを犬みたいなことを言ってるんですか。ほら、行きますよ！」

ぐぐぐ、とソフィアが体重をかけて俺を押すが、体はびくともしなかった。

「ちょっとタロウ様！　びくともしないじゃないですか！　その仰向けの状態でどうやって踏ん張ってるんですか！」

「わ、わからん……が！　俺は今、猛烈《もうれつ》にここを離れたくない！　なんだこの感覚は！」

「あぁ！　また犬の部分出てきちゃってるじゃないですか！　霊泉掘り当てた時と同じですよ！」

「う、うおぉぉぉ！　肉串食べたい！　肉串食べたい！　だめだ！　この衝動をどうにも抑《おさ》えられん！」

「うねうねしないでください！　そんななりでも一応フェンリル様なんですから！」

「そんななりとか言わないで⁉」

ぐぬぬ！　この抑えられない衝動は、リリーが俺をこんな姿にした弊害《へいがい》か⁉　ちくしょう！　今度会ったら尻尾で往復ビンタしてやる！

道行く冒険者に指差されてクスクスと笑われる中、俺は自分を抑えきれず、その後も仰向けでもがき続けた。

ちなみにソフィアは途中《とちゅう》から、俺を押すのをやめて顔を埋《うず》めて匂いを嗅ぐことに専念している。

は、恥《は》ずかしい……。穴を掘って入りたい……。

「ん、タロウ。一つあげる」

声がした方向を見ると、エマが自分の食べていた肉串を差し出していた。

そこには、トロトロのタレがかかり、香ばしく焼けた肉が一切れ残っている。

「エ、エマ……お前、今、なんて言った……？」

「これ、タロウにあげる。味わって食べて」

エマのその発言に、それまで俺の匂いを堪能《たんのう》していたソフィアも慌てて顔を上げ、

「そ、そんな馬鹿な！　エマさんが自分の食べ物を他人に分け与《あた》えるだなんて！」

「お、俺も信じられねぇが、どうやらそうらしい……。エ、エマ、ほんとにもらっていいのか？」

「うん。……だって、ボクたちは仲間だから」

「エマ！」

ガブッ！

エマに差し出された肉串を頬張《ほおば》ると、甘辛いタレがじんわりと口内に広がり、香ばしい香りが鼻を抜《ぬ》け、満たされた心地でいっぱいになった。

「う、うまぁぁぁぁい！　こんなうまい肉初めて食べた！　これっていったい何の肉だ？　牛か？　それとも豚《ぶた》か？」

「ううん。これは『リッチウルフ』っていう狼型のモンスターの肉。脂身《あぶらみ》が多いけど全然しつこくない、上質な肉を持ったモンスター。おいしい」

「なるほど！　『リッチウルフ』っていう狼型のモンスターなのか！　……ん？　狼型のモンスター？」

あれ？　フェンリルって狼だったよな？　もしかしてこれって共食いになるのか？　いやいや、外見が柴犬であれば、狼はセーフか？　え？　どっち？　倫理的《りんりてき》にアウト？　セーフ？　え？　え？

そんな俺の困惑《こんわく》を察したのか、ソフィアが悟《さと》ったような目で言った。

「大丈夫《だいじょうぶ》ですよ、タロウ様。過去のフェンリル様も、仲間じゃない狼型のモンスターとか普通にバクバク食べてたらしいので」

「あ……そう。ふーん……」

それはそれで倫理的にどうなの？　と思ったが、俺はその疑問をそっと胸の奥《おく》へとしまい込んだ。

◇　◇　◇

なんとか本能という名の強敵を肉串で退治した俺たちは、ようやく目的地であった冒険者ギルドへと到着した。

建物に入る直前、俺の鼻が嗅ぎなれない刺激臭《しげきしゅう》を感知する。

「うっ！　なんだよこの臭《にお》い！　そこの水路から漂ってくるぞ！」

道の端《はし》、手すりの下を流れる水路に視線を落とすと、ツカサがなんとはなしに補足した。

「あぁ。下水用の消毒液の臭いだな。他の町でも下水に消毒液を使っているところは多いが、ヴォルグは独自調合した消毒液を使ってて、特有の臭いがするらしい。……ま、あたしの鼻ではほとんどわからないがな。おそらく、ここの水路をたどれば下水へ繋がってるんだろう」

「うげぇ……。どうりで薬臭いと思った……。はぁ……。この町にいる間はあんまり水路に近づかないようにしよう……」

鼻をぐしぐしと手で押さえながら、冒険者ギルドの建物に入ろうとした時、後ろからついて来ていたツカサがぼそりと言った。

「やはり、あたしは外で待っている。きっとその方が、揉め事が少なくて済む」

ツカサはどこか、悲しそうな目をしていた。

「……中から大勢の人の臭いがする。できれば信用できる仲間は一人でも多く近くにいてほしい。……だめか？」

「……ふぅ。いや、すまない。タロウの言う通りだ。やはりあたしも同行しよう。話すよりも一度見てもらった方がわかりやすいだろう」

「わかりやすい？　どういう意味だ」

「なぁに。すぐわかるさ」

意味深なことを言うツカサを先頭に、俺たちは建物の扉《とびら》を開いた。

建物自体の広さはリラボルの町の冒険者ギルドとほとんど変わらない。

だが、リラボルの町の冒険者ギルドの中には、クエストが貼《は》り付けられた衝立《ついたて》がたくさん置かれていたが、ヴォルグの冒険者ギルドではクエストの貼り紙はほとんど見当たらず、その代わりに机やら椅子やらがずらりと並べられていて、冒険者たちがあぁでもない、こうでもないと話し合っていた。

聞き耳を立てると、「新種が最後に発見されたのは一つ向こうの山らしい」とか、「やっぱり遠距離《えんきょり》武器も用意しておきたいな。誰か扱えそうな奴をパーティーに入れるか」などと、来《きた》る大規模クエストに向けて作戦を練っているようだった。

そんな殺気だった気配が蔓延《まんえん》する中、建物に入ってきた俺たちを見て誰かが言った。

「ん？　なんだ？　女と子ども……それに犬？　おいおい。お前ら来るとこ間違《まちが》えてるぞ。さっさと帰りな」

その言葉に、ソフィアが物怖《ものお》じせずに堂々と反論する。

「いいえ。私たちはれっきとした冒険者《ぼうけんしゃ》です。なので帰るわけにはいきません」

それまで熱心にクエストの作戦を練っていた冒険者たちが、ぽつりぽつりとざわつき始める。

「冒険者？　マジで言ってるのか？」

「はぁ……。ガキが何言ってんだか……」

「さっさと帰れ！　ここはお前たちみてぇのが来るとこじゃねぇんだよ！」

飛び交《か》う怒声《どせい》の中、奥にあるソファーに腰かけていた茶髪《ちゃぱつ》の男が立ち上がると、それを見た周囲の冒険者たちはシンと静まり返った。

なんだ？　あの男が立った途端《とたん》、雰囲気《ふんいき》が変わった……。

茶髪の男がカツカツと靴《くつ》を鳴らして目の前まで来ると、近くの冒険者から半ば無理やり椅子を奪《うば》い取り、背もたれを抱《かか》えるようにして目の前で腰を下ろした。

「お前らが冒険者だって？　それ本気で言ってんのか？　女二人に、子ども一人、果ては犬まで連れて。遠足じゃねぇんだぞ？」

うわぁ、めんどくさそうなのに絡まれたぞぉ……。

う～ん……どうやって適当に流そうか……。

ソフィアが一瞬《いっしゅん》俺《おれ》に目くばせし、任せろ、といった具合で一歩踏み出した。

おっ！　さすが元王女！　ここは平和的に解決してくれるってわけだ！

いやぁ、ソフィアみたいな信者がいて俺も鼻が高いよ！

ソフィアは茶髪の男の目をまっすぐ見て、にこやかに、されど冷徹《れいてつ》な口調で言い放った。

「他人を見た目だけで判断するなんて、あなたの底が知れますね」

……あれ？　ソフィアさん？

第三話『柴犬《しばいぬ》とAランクパーティー』

ソフィアに悪態をつかれた茶髪の男は、見るからに不機嫌《ふきげん》そうに声を張り上げた。
「つんだとぉ!? 俺はAランクパーティー、『夕暮れの盃《さかずき》』のリーダー、ジグル様だぞ!」
「へぇ。あなたのように、女子どもと犬一匹《ぴき》に喧嘩《けんか》を売るような狭量《きょうりょう》な方でもAランクになれるだなんて、ここの冒険者ギルドは随分甘《ずいぶんあま》い判断基準で冒険者をランク付けしているんですね」

なんか俺の信者がものすっごいケンカ売ってるんですけど!

やだぁ……。どうしてこの子いっつもすぐ前に出て勝手なことするのぉ……?

一切《いっさい》引かずに言い返すソフィアに、周囲の冒険者も次第にざわつき始める。
「おいおい……。ジグルにあんな態度取って、どうなっても知らねぇぞ……」

「『夕暮れの盃』に目をつけられるだなんて……。あいつら終わったな」

「命知らずにもほどがあるだろ……」

ガンッ、とジグルがさっきまで腰かけていた椅子《いす》が盛大《せいだい》な音を立てて床《ゆか》に転がった。

そしていつの間にか、ジグルの後ろには三人の男と一人の女が立っている。

その中の、三角帽子《ぼうし》に杖を持った、やけに胸を強調した服を着た女が猫《ねこ》なで声でジグルに言った。

「ねぇ、ジグルぅ～。こんな奴らさっさとやっちゃいましょうよぉ～」

どうやらジグルの後ろに集まった連中は、『夕暮れの盃』のメンバーらしい。

興奮冷めやらぬ様子のジグルは、ぺっと床に唾《つば》を吐いて続ける。

「うるせぇ、リッケ！　俺は売られた喧嘩は買うのが主義なんだよ！　おい女！　てめぇがその軟弱《なんじゃく》パーティーのリーダーか！」

そう言われ、ソフィアはきょとんとした顔で答える。

「え？　違いますけど？」

「んなっ⁉　リーダーでもねぇのにしゃしゃってんじゃねぇよ！　じゃあそっちのフード被《かぶ》った女！　てめぇか！」

ジグルは次にツカサを指差すが、ツカサは俯《うつむ》きがちに小さく首を横に振《ふ》った。

「いいや。あたしでもない」

その返答に、ジグルの目が泳ぐ。

「はぁ……？　だったら……」

と、ジグルの視線が一度エマに向くが、この状況《じょうきょう》でも干し肉を頬張ってるエマを見て、さすがにリーダーではないと判断したのか、再びソフィアに向き直った。

「あぁ、なるほどな……。まだ他に仲間がいたのか。そいつがリーダーだな。さっさと連れてこい！『夕暮れの盃』に喧嘩を売った落とし前つけさせてやるよ！」

「いや、リーダーいますよ？　そこに」

「はぁ？」

ぴっとソフィアが指差した先には、もちろん俺の姿があった。

ジグルと数秒目が合うも、思考停止しているのか、あんぐりと口を開けたまま首を傾《かし》げている。

はぁ……。やだなぁ……。けど、ここで引くわけにもいかんしな……。

はぁ……。ほんとやだなぁ……。

と、心の中で何度もため息を吐きつつも、『フェンリル教団』としての威厳《いげん》を少しでも保つため、俺はジグルの目をまっすぐ見て口を開いた。

「いかにも。俺がこの『フェンリル教団』のリーダー、タロウだ」

犬の俺が声を発したのがあまりに予想外だったのか、ジグルは「はぁ？」と甲高《かんだか》い声を伸ばしてさらに首を傾げたあと、状況を理解し、腹を抱えて笑い始めた。

「だははは！　こ、こりゃ傑作《けっさく》だ！　お、お、お前ら！　使《つか》い魔《ま》の犬畜生《ちくしょう》にリーダーなんかやらせてんのかよ！　だははは！　みっともねぇ！　恥ずかしくねぇのかよ！」

ま、当然の反応だな……。

エマは干し肉を頬張りながら、

「タロウはかわいい。かわいいは正義」

なんだ？　慰《なぐさ》めてんのか？

俺を馬鹿にされて腹が立ったのか、ソフィアは一目見てわかるほどにブチ切れていた。どのくらいブチ切れていたかというと、元王女がしてはいけないような凄《すさ》まじい形相をしていて、俺は一瞬その迫力《はくりょく》に尻尾がくるっと丸まってしまった。

そんな今にも飛び掛からんばかりのソフィアを押しのけ、それまで後ろで隠れるようにして立っていたツカサがぐいっと前に出てくると、ジグルの胸元《むなもと》を掴《つか》み、そのままひょいと片手で持ち上げてしまった。

ぐえぇ、と間抜《まぬ》けな声を漏《も》らし、じたばたともがくジグル。

「て、てめぇ！　俺を誰《だれ》だと思ってやがる！　放せ！　おら、放せっつってんだろ！　――ぐっ！　な、なんだこの馬鹿みてぇな力は……！」

ジグルを持ち上げたまま、淡々《たんたん》とした口調でツカサが告げる。

「……仲間に迷惑《めいわく》をかけまいと目立たないようにしていたが……。貴様の言動は目に余る」

ツカサの気迫《きはく》に、ジグルはあからさまに怯《おび》えたように顔を歪《ゆが》め、もがくように手を伸ばすと、その指がちょうどツカサのフードに引っかかり、周囲に顔が露《あらわ》になった。

ツカサの顔を見た途端、周囲の冒険者の数人が驚《おどろ》いたように声を上げる。

「おい！　あいつ、騎士団《きしだん》のツカサ・リュヒルだぞ！」

「マジかよ……。噂では騎士団を抜けたと聞いていたが……。また戻《もど》ってきたのか？」

「ちっ。騎士団の犬が何しにきやがった」

「やめとけ！　殺されるぞ！」

……なんだ？

騎士団？　どういうことだ？

ツカサは動揺《どうよう》一つ見せなかったが、周囲の冒険者の声を聞いたジグルは、ツカサの腕を振り払《はら》うとニタリといやしく口角を上げた。

「はっ！　なんだお前！　あの悪名高い騎士団の犬コロかよ！　リーダーは犬だけじゃなかったってわけだ！　くくく。お前ら騎士団の悪名なんざ、この町にいりゃあ嫌って程聞《ほど》くぜ！　女を攫い！　ガキは売っぱらい！　気に食わねぇ奴は命まで奪う！　クズ中のクズだ！　なぁにが騎士団だ！　ばかばかしい！　貴族に媚《こび》売って権力にしがみつくクソ野《や》郎《ろう》じゃねぇか！　そんなんでよく俺様に文句が言えたもんだなぁ！」

なるほど……。

ヴォルグに来てからツカサが顔を隠していたのはこういうことか……。

にしても、自称《じしょう》暗殺者のツカサが元騎士団ねぇ。

ますます暗殺者に向いてねぇな……。

ジグルの言った通り、この町ではよほど騎士団とやらが嫌われているらしく、冒険者は次々とツカサに向かって暴言を吐《は》いた。

「この町からとっとと出ていけ！」

「そうだそうだ！　貴族の後《うし》ろ盾《だて》もなくなったてめぇなんて怖くもなんともねぇぞ！」

「帰れ！　帰れ！　帰れ！」

その場は帰れコールの大合唱となった。


……不愉快《ふゆかい》だ。


なるほど。仲間が侮辱《ぶじょく》されるってのは、すこぶる気分が悪いな。

「おい、ソフィア」

周囲の冒険者を睨《にら》んでいたソフィアが、きょとんとした表情をこちらに向ける。

「ど、どうしました、タロウ様？」

「エマと一緒に隅《すみ》っこで隠れてろ。こいつら全員まとめて俺が食ってやる！」

第四話『柴犬と誓《ちか》い』

「ちょ！　ちょぉっと！　だめですよ！　相手は人間です！　お気持ちはじゅーぶんっっ理解できますが！　一応一般《いっぱん》市民ですから！　食べちゃダメですよ！」

「えぇーい！　うるさいうるさい！　そこをどけ！」

　ソフィアに抱えられ、じたばたともがいていると、その様子を見ていたツカサが、ぷっ、と小さく噴《ふ》き出した。

「ははは！　まったく……。あたしがタロウを庇《かば》ったっていうのに、いつのまにかこちらが庇われるとはな……。タロウはつくづくあたしを笑わせてくれる」

「こらぁ！　何笑ってるんだツカサ！　お前も怒《おこ》れ！　こいつら全員血祭だ！」

「あはは！　……タロウがあたしの代わりに怒ってくれたんだ。もう十分だよ」

「なにをぉ!?　俺は一人でもやってやるぞ！　本気だぞ！」

「タ、タロウ様！」

　と、俺が本気で《狼の大口《ネメシス・アギト》》を連中に叩《たた》きこんでやろうかと考えていると、冒険者ギルドの奥から一人の女性の声が届いた。

「お待ちください、犬神様！」

まだまだ怒《いか》りは静まらなかったものの、ソフィアに抱《だ》きかかえられながら、声がした方へと視線を向けた。

奥からパタパタと早足でやってきたのは、冒険者ギルドの紺色《こんいろ》の制服に身を包んだ女性だった。まとめた黒髪《くろかみ》を左肩《ひだりかた》の方へ流していて、こざっぱりとした印象の女性だ。

女性は俺の前に割って入ると、ばっと両手を広げた。

「犬神様！　冒険者ギルドでお戯《たわむ》れはおやめください！」

俺のことを犬神と呼ぶってことは……。

「リラボルの冒険者ギルドから先に話はついてるみたいだな」

俺が怒りを抑《おさ》え、落ち着いて話す様子に安堵《あんど》したのか、女性は険しい顔から一転、ほっと胸を撫《な》でおろして表情をやわらげた。

「ふぅ……。はい。犬神様のことは、冒険者ギルドリラボル支部の所長と、友人のモリアからよく聞いております」

あのちっこいやつか。意外と顔が広いのか？

女性は深々と頭を下げると、

「私は冒険者ギルドヴォルグ支部、所長代理のカーラ・ウルと申します。『フェンリル教団』の皆様《みなさま》、この度《たび》の大規模クエストへのご助力、本当に感謝いたします」

カーラの俺たちに対する態度に、周囲の冒険者たちが訝《いぶか》しげな声を漏らす。

「なんだぁ、カーラちゃん。そいつら、マジで冒険者なのか？」

「もちろんですよ。それも先日、あの邪神《じやしん》『神鬼《しんき》』の討伐《とうばつ》に成功し、異例の早さでFランクから一気にBランクへ昇格《しようかく》した、とても優秀《ゆうしゆう》な冒険者の方々です。それに噂《うわさ》では、こちらのタロウ様は唯一《ゆいいつ》神候補《しん》の一柱である、『神速炎帝《しんそくえんてい》の神・フェンリル』様……とのことなんですが……。その認識《にんしき》で合ってます……よね？」

おーい。あからさまに俺の姿を見て動揺するな。

合ってる合ってる！　残念ながらな！

俺たちの素性《すじよう》を聞いた周囲の冒険者たちが、顔をしかめながらも驚きの声を上げる。

「神鬼を倒したってほんとかよ!?　そう言えば、フェンリルの生まれ変わりがリラボルで発見されたって聞いたことあるぞ！」

「しかもFランクから一気にBランクに昇格だなんて、そんなの聞いたことねぇぞ……。俺たちなんて五年冒険者やっててまだCランクだぞ……」

「いやいや……。どうみてもあれ犬だろ……」

驚愕《きょうがく》半分、疑《ぎ》心暗鬼《しんあんき》半分という状況の中、不機嫌そうなジグルが、ソフィアに抱きかかえられている俺を嘲笑《ちょうしょう》するように見下した。

「はっ！　犬風情《ふぜい》が冒険者を気取るだけでは飽《あ》き足らず、フェンリルの名前まで騙《かた》るとはな！　こんな詐欺《さぎ》師《し》集団を明日の大規模クエストに召集《しょうしゅう》するたぁ、冒険者ギルドの人手不足もとうとう笑えねぇな！」

ジグルはぐいっと一歩踏《ふ》み出すと、俺の鼻先まで顔を近づけた。

「おい、よく聞け犬っころ。俺はてめぇらみてぇなおちゃらけた奴《やつ》らが冒険者だなんて絶対認めねぇ。もしも明日の大規模クエストで俺たちよりも戦果を挙げられなかったら、そんときはてめぇら、速攻《そっこう》で冒険者辞《や》めろ」

いや、なんでそんなことになるんだよ……。

暴論ここに極まれりだな……。

抱えている俺をジグルから遠ざけるように、ソフィアが体をひねる。

「あなたにそんなこと言われる筋合いはありません！　それに、そんな馬鹿げた勝負にタロウ様が乗るとでも思ってるんですか？　私たちのリーダーをなめないでください！」

おぉ！　ソフィア！　お前も正しいことを言えるじゃないか！

うんうん。そうだよな。そんな喧嘩いちいち買うなんて馬鹿のやることだよなぁ。

ジグルは、後ろにいた三角帽子を被った、リッケと呼ばれた女に「おい、あれ出せ」と言って、一冊の小汚《こぎたな》い本を受け取り、それをソフィアに見せつけた。

「もしもてめぇらが俺たち『夕暮れの盃』よりも戦果を挙げられたなら、この魔導書を譲《ゆず》ってやる」

その一言に、ソフィアはぐっと拳《こぶし》を握《にぎ》り、高らかに宣言する。


「その話、受けて立ちましょう！」


はぁぁぁぁ……。ソフィアさんマジで勘弁《かんべん》してくださいよぉ……もう……。

「待てソフィア！　どうせあの魔導書、大したもんじゃねぇぞ！　あいつらから動揺してるような臭いがまったくしない！」

ソフィアは俺の頬《ほお》をがっと摘《つ》まんで顔を近づけると、真剣《しんけん》な口調でこう言った。

「タロウ様。売られた喧嘩は買わねばなりません。ここで逃《に》げてしまっては『フェンリル教団』の名折れ！」

「おぉ、そうか。お前から『魔導書が欲《ほ》しくてたまりません！』っていう臭いがしてなけりゃ、なおよかったんだがな」

「…………」

「目を逸《そ》らすな」

　俺がジグルに反論するより前に、ジグルは周囲の冒険者たちに向けて高らかに言い放った。

「おい！　みんな聞いたか！　冒険者同士の誓いだ！　それを破るようなクズは冒険者とは言えねぇ！　そうだよなぁ！　こいつらは明日！　俺たち『夕暮れの盃』よりも戦果を挙げられなければ、その時点で即刻《そっこく》冒険者を引退する！　ここにいる全員が証人だ！」

　ジグルへの信頼《しんらい》か、それともただ単にお祭り騒《さわ》ぎが好きなだけか、その場にいる大勢の冒険者たちが、ジグルの言葉に賛同するように歓声《かんせい》を上げた。

　ジグルがニタリと口角を緩《ゆる》め、俺を睨みつける。

「つーわけだ。お前が冒険者を名乗れるのも明日まで。それまでせいぜい尻尾《しっぽ》を巻いて震《ふる》えてな！　あはははは！」

　ジグルの笑い声が響《ひび》く中、ぎぃ、と扉が開くと、四人の人物が姿を現した。

　一人は二メートルはある巨体《きょたい》の全身に鎧《よろい》をまとった性別不明の人物。一人は白い狐《きつね》の面をつけた小柄《こがら》な少女。一人は白黒のゴシックなドレスに身を包んだ女性。

そしてその先頭で、頭からすっぽりとフードを被った少女が口を開く。

「外まであなたの卑《いや》しい鳴き声が聞こえていたわよ、ジグル。馬鹿げたことをほざいて、また私に説教されたいの？」

フードの陰《かげ》から覗《のぞ》く鋭《するど》い眼光に、ジグルはあからさまに焦《あせ》りを見せ、その額には一筋の汗《あせ》が流れた。

「ぐっ……。レイナ……」

レイナ、と呼ばれたフードの少女が、こつりこつりと足音を立ててこちらへ近づくと、それまで騒いでいた冒険者たちは静まり返って道を空けた。

ソフィアのすぐ前まで来ると、レイナは一言たずねる。

「助けが必要かしら？」

フードの下には、まるで炎《ほのお》のように真っ赤な髪《かみ》が流れ、長いまつ毛に端整《たんせい》な顔立ちの少女の顔があった。

細身ではあるが、腰《こし》からぶら下げた剣《けん》と、一目見てわかる体幹の良さから、レイナが腕《うで》の立つ冒険者であることはすぐにわかった。

レイナの問いに、ソフィアは抱きかかえていた俺を見せて自信たっぷりに返答する。

「ご心配は無用です！　なんといってもこちらにはタロウ様がいらっしゃいますからね！　その気になれば敵なしです！」

　ぐいっとレイナの前に突《つ》き出された俺は、なにをするでもなく、ただただ諦《あきら》めたようにポカンと前を見つめていることしかできなかった。

　すると、俺と目が合ったレイナはそれまでの威勢《いせい》の良さはどこへやら、「はうっ⁉」と素《す》っ頓狂《とんきょう》な声を漏らし、フードの下で頬を真っ赤に染め上げた。

　予想外のレイナの反応に、ソフィアが首を傾げる。

「はう……？」

　レイナはごまかすように即座《そくざ》に顔を逸らすと、ジグルをキッと睨みつけた。

「は、話は終わりよ！　解散しなさい！　ほら、早く！」

　そんな命令口調にもかかわらず、ジグルは大した反論もせず、チッと舌打ちをしてから、「約束は守れよ」と念を押し、『夕暮れの盃』の仲間を引き連れて冒険者ギルドから出て行った。

　それに倣《なら》い、それまで盛り上がっていた冒険者たちも逃げるように外へと消えて行った。

第五話『柴犬と犬好き』

訪《おとず》れた時には冒険者でごった返していたギルド施設《しせつ》だが、今はもう俺たちとレイナたち、それからギルド職員を残すだけになった。

ソフィアが、あっけらかんとした口調で、レイナの仲間の鎧をまとった人物に話しかける。

「皆《みな》さん先ほどは仲裁《ちゅうさい》に入っていただきありがとうございます。……それにしても立派な鎧ですねぇ」

そう言われ、大きな鎧の人物はブンブンと首を振り、中からは驚くほどか細い女性の声が聞こえてきた。

「そそそ……そんなことありません……わわわ……私なんて……ほんと大したことありませんので……あ、あはは……あはは……」

声ちっさ！

しかも中身女なのかよ……。

体はデカいのに、気は小さそうだな……。

その後もツカサやエマも交え、パーティー同士で簡単なあいさつ程度の会話を交わしているると、不意に、場違《ばちが》いな塩気のあるおいしそうな匂《にお》いがしているのに気が付いた。

なんだ、この匂い？

くんくんと匂いを追うと、ソフィアたちから少し離《はな》れたところ、施設の奥へ続く曲がり角で、しゃがみこんだレイナが干し肉をぶらぶらさせている場面にぶちあたった。

ちょうどそこが陰《かげ》になったので、思わずレイナを見つけてしまった俺はビクリと小さく飛び上がって驚いてしまった。

え⁉　なに⁉　不審者《ふしんしゃ》⁉　こっわ！

そんな俺を他所《よそ》に、フードを脱《ぬ》いだレイナは真っ赤な長髪《ちょうはつ》を耳にかけ、小声で、「ほぉら。おいで～。おいで～」と手招きしている。

頬を紅潮させ、にんまりと細める目は完全に俺を捉《とら》えていた。

……よし。無視しよう。

嫌《いや》な予感がして踵《きびす》を返した時、レイナは目に留《と》まらぬ速さで俺を抱きかかえ、そのままみんなから見えない通路側へと俺を引きずり込んだ。

「ぐっ⁉」

そのあまりの力強さに思わず苦悶《くもん》の声を漏らすも、レイナはそんなことお構いなしで、嬌声《きょうせい》を上げながら俺の顔に頬ずりをした。

「や～ん！　かわいい！　なにこのわんちゃん！　信じられない！　こんな間抜けかわいい顔してるわんちゃん初めて見たぁ！　かぁわぁいぃいぃい～！　きゃあ！　肉球ぷにっぷに！　つぶらな目もかわいい！　なになに⁉　君どうしてそんなにかわいいのぉ⁉　や～ん！」

そのぐいぐいとくる図々《ずうずう》しさは、ソフィアとは似て非なるもので、どちらかというと狂《きょう》気《き》に近いものを感じずにはいられなかった。

「あぁぁ！　やっぱい！　持って帰りたい！　そしたら一晩中抱きしめていられるのに！」

いや、そんなことされたら俺死んじゃうから……。

ぎゅうぎゅうと好き放題抱きしめられ、苦しくなった俺はもがきながらレイナを睨む。

「おい！　やめろ！　苦しいだろ！」

それほどきつい口調で言ったつもりはなかったが、レイナは目を白黒させ、「はへ？」と素っ頓狂な声を漏らした。

それからわなわなと震え始めると、

「え……あれ……？　わんちゃんが喋《しゃべ》って……。も、もしかして……使い魔……？　あれ？　え？　じゃあ、私の喋ってたこととか……全部わかって……？」

「ん？　なんだ？　俺が普《ふ》通《つう》の犬だと思ってたのか？　あぁ。どうりでさっきとテンションが違《ちが》ったわけだ。ま、気にするな。人間誰しもたがが外れちまうってことはあるからな」

完全に状況を把《は》握《あく》したレイナは、静かに俺を床へおろすと、そのまま流れるように床に頭を擦《こす》りつけた。

「すいません……。今のこと、仲間には黙《だま》っててください……。私こう見えてもクールキャラで通ってるので……」

「プライドより自分のキャラを守ることを優先するクールキャラがどこにいるんだ？」

「せ、正論やめて……。立ち直れなくなりそう……」

なんかかわいそうな奴だな……。

もうそっとしておいてやろう……。

◇　◇　◇

「あれ？　タロウ様、どこに行ってたんですか？」

床にへばりついたまま動かなくなったレイナを放置し、みんなのところまで戻ってくると、俺に気づいたソフィアが声をかけてきた。

「ん？　いや、別に……。それより、さっさと大規模クエストの手続きを終わらせて飯を食いに行こう。腹が減った」

「もう～。手続きならタロウ様がいない間に終わらせましたよ。正式に、『フェンリル教団』は明日の大規模クエストに参加することになりましたので」

「そうか。助かる。……それと、わかってると思うが、さっき『夕暮れの盃』の連中が言ってた魔導書ってやつ、そんなに期待するなよ？　どうせ解読したって使えない魔法《まほう》しか手に入らないだろうし」

「かもしれませんね。表紙に書かれてた文字も、現在でも使用されている一般的《いっぱんてき》な文字の一つでしたし、この前みたいに解読できない文字で書かれてるお宝、なんてこともないでしょうね。けど、どんな魔法でも今は手に入れておきたいんです。それがいつ、どんな風に役に立つかなんて誰にもわからないんですから」

「……ま、そうだな」

　ソフィアは機転が利《き》くし、どんな魔法を覚えてもすぐに使いこなせるだろう。

「よし。じゃあそろそろ飯に――」

　と、俺が飯の誘《さそ》いをし、エマがフライングで涎《よだれ》を垂らした瞬間《しゅんかん》、バンッ、と勢いよく扉が開かれ、一人の少女が飛び込《こ》んできた。

肩口《かたぐち》でまっすぐ切りそろえられた青みがかったショートヘアーに、足元まである純白のマント。首には鈍色《にびいろ》に輝《かがや》く一つの十字架《じゅうじか》がぶら下がっている。

少女は入ってくるや否《いな》や、両手を広げてツカサの胸に飛び込んだ。

「ツカサ様！　ようやくお会いできたっすね！」

そのあまりの勢いに、さすがのツカサも、ぐっ、と声を漏らし、飛び込んできた少女をとっさに抱きしめた。

ツカサは訝しげな表情で少女を見やる。

「な、なんだ……？　いったいどこの誰だ……？　その白いマント……まさか騎士団の……？」

少女はツカサの胸に抱かれながら、満面の笑《え》みを浮《う》かべる。

「自分はミリル・プレーシスです！　ツカサ様に憧《あこが》れて騎士団に入団したんですが、残念ながらその少し前にツカサ様は騎士団を辞《や》めちゃってて……。ですが騎士団に所属していれば、いつかツカサ様にお会いできる機会もあるだろうとずっとお待ちしておりました！けど、まさか本当に会えるだなんて！　自分は感無量っす！」

「そ、そうか……。とりあえず少し離れてくれないか？」

「いいえ離れません！　自分のこの想《おも》いが伝わるまでは！」

「あ、あはは……。困ったな……」

町の冒険者に嫌《きら》われてると思ったら、ツカサに憧れて騎士団に入る奴もいる……。ますますツカサの過去がわからんくなってきた……。

ミリルと名乗った少女に圧倒《あっとう》されていると、不意に扉の方から男の声が飛んできた。

「やぁ、ツカサくん」

トゲのない、柔《やわ》らかい男の声。

見ると、そこには一人の若い男が立っていた。

年齢《ねんれい》はツカサよりも少し上。ミリルと同じ白いマントに身を包み、優《やさ》しそうな目元にある一つのほくろが特徴的《とくちょうてき》だった。

物腰柔《ものごしやわ》らかそうなその男を見た瞬間、ツカサは明らかに表情を曇《くも》らせ、殺気にも似た視線で男を睨みつける。

「……カルシュ」

男の名前だろうか。ツカサがその名を発すると、カルシュは嬉《うれ》しそうに目を細めた。

「覚えていてくれて嬉しいよ、ツカサくん」

「あぁ、無論、覚えているさ。……覚えているとも。お前の所業を忘れることなど、ありはしない」

「なんだか物騒《ぶっそう》な言い方だなぁ、ツカサくん。同じ騎士団で働いていた大切な仲間じゃないか。あっ！　そうだ！　今からでもまた騎士団に入ればいい！　そして一緒《いっしょ》に世界を正そう！　ツカサくんなら大歓迎だ！」

ツカサはぐっと歯を食いしばると、額に血管を浮かび上がらせた。

「あたしの仲間はここにいる『フェンリル教団』の友だけだ。騎士団に所属していた過去は、あたしの人生の汚点《おてん》だ。あそこに戻ることなどありえない」

ツカサの強い口調に、状況を理解できないミリルがあたふたと、ツカサとカルシュの顔色を交互《こうご》にうかがった。

「え、えっと……ツカサ様？　カルシュ騎士団長？　い、いったいなにが……」

そんなミリルを振り払うと、ツカサは「失礼する」と言い残し、ツカツカと冒険者ギルドの建物から出て行ってしまった。

すぐにソフィアが追いかけて扉《とびら》を開くも、「いなくなっちゃいました……」と残念そうに戻ってきた。

カルシュはツカサが出て行った扉を見ながらひとりごちた。

「ま、どうせすぐにまた会うことになるだろうけどね」

俺はカルシュの足元まで行くと、「おい」と声をかけた。

「ツカサは俺たちの大事な仲間だ。勝手に誘ってんじゃねぇよ」

カルシュは犬の俺に目線を合わせるようにしゃがむと、

「へぇ。君がツカサくんの新しい仲間ってやつか。タロウくん、だっけ？　神鬼《しんき》を倒《たお》したっていうからもっと屈強《くっきょう》なのを想像してたけど、随分《ずいぶん》へんてこな顔をしてるね」

カルシュは俺の頭に手を置こうとするが、俺が一歩退いてそれを避《よ》けると、寂《さび》しそうに
「ありゃ。つれないなぁ」と、出した手を引っ込め、すくっと立ち上がった。

「けどまぁ、君がツカサくんのパーティーのリーダーだって言うなら、俺にもまだチャンスはあるかな」

「どういう意味だ」

「俺の方が、もっとツカサくんをうまく使える、って意味さ」

カルシュは「じゃあ、またね」と手をひらひらさせると、そのままギルド職員に招かれ、建物の奥《おく》へと入って行った。

あれがツカサの昔の仲間か……。

騎士団長ってことは、騎士団のリーダーか……。

へらへらしてはいるが、相当強いな。あいつとツカサを二人きりにしないよう気を付けよう。

と、カルシュの背中を睨みつけていると、くいっくいっと尻尾を引っ張られ、振り返ると、涎を垂らしたエマが目をギラギラと光らせていた。

「ご飯行こう。早く。ほら。今すぐ！　さぁ！　さぁ！」

エ、エマさん、圧がすごいです……。

第六話『犬と酒場』

今、俺《おれ》の目の前には一軒《けん》の店がある。

その店の名は『暁《あかつき》の皿　ヴォルグ店』。

へぇ……。この店ってチェーン展開とかしてるんだぁ……。なんか嫌な予感がするけど、まさかなぁ……。

と、言い知れぬ不安を胸に店の扉を開くと、内装はリラボルの町にある『暁の皿』とほぼ同じで、さらにはカウンターの向こうにいる、前髪《まえがみ》を左に流した吊《つ》り目のバーテンダーまで瓜二つ《うりふた》であった。

「リラボルのバーテンダーと同一人物……じゃないよな。そっくりさんか、それとも双子《ふたご》か？」

なんて思っていたが、不愛想《ぶあいそう》なバーテンダーは俺と目が合うなり、ごそごそとカウンターの下をさぐると、さっと一本の紐《ひも》を取り出し、いそいそと俺の首と柱とを結びつけた。

「こ、この塩対応！　間違《まちが》いない！　お前、リラボルの『暁の皿』にいたバーテンダーと同一人物だな！」

「当たり前でしょ。出張でこっちに来てるのよ」

「俺はまだ紐で繋《つな》がれなくちゃいけないのか……？」

「まぁね。犬は犬だし」

「あぁ、そうですか……」

はぁ……。あいかわらずこのバーテンダーは俺に対して辛《しん》らつだなぁ……。

ソファー席の一角に専用のクッションが置かれ、そこに腰掛《こしか》けると、まだ注文をしていないのに、目の前にはすでに皿に盛りつけられた肉料理が用意されていた。

「ん？　まだ注文してないぞ？」

不愛想なバーテンダーはぶっきらぼうに答える。

「あんた神鬼《しんき》を討伐したんでしょ？　だからそれはサービス」

「ツンデレかよ」

「うるさいよ。黙って食べな」

……ま、まぁ、最初は入店すらできなかったわけだし、紐くらいは我慢《がまん》してやるか、うん。

用意された肉料理にかぶりつこうとした時、当たり前のように俺のとなりにレイナが腰を下ろした。

ここへは、俺たち『フェンリル教団』のほかに、レイナたちのパーティーと、なぜかミリルまで加えた大所帯で訪れていた。

俺のとなりを陣取《じんど》ったレイナを、ソフィアがじとりと睨みつける。

「ちょっと待ってください。どうしてあなたはしれっとタロウ様のとなりに座《すわ》っているんですか？」

レイナは用意された水に口をつけて、

「別に。座りたければあなたも座ればいいだけでしょう？　反対側はまだ空いてるわよ」

「そうではなくてですね！　あなたのパーティーのお連れさんはみんな向こうの席に座ってるのに、どうしてあなただけこっちに座っているのかと聞いてるんですよ！」

「私は自分が座りたいところに座っているだけ？　気に入らないのなら力ずくでどかせてみたらどう？　それと、私たちのパーティーの名前は『ムーン・シーカー』よ。覚えておいてちょうだい」

「ぐぬぬ……。タロウ様！　この女きっとタロウ様を狙《ねら》ってるやばい奴ですよ！　なにかされないように注意してください！」

もうすでにわしゃわしゃされちゃいました……。

「どうでもいいけど、ソフィアもレイナもこんなところで騒ぎを起こすなよ。ここのバーテンダー、たぶん怒らすとめっちゃ怖《こわ》いから……」

ふと、視界の奥でエマが店員に「ここからここまで全部」と注文して度肝《どぎも》を抜《ぬ》いてるのが目に留まった。

ほんとよく食うなぁ……。あの小さい体のどこにそんなエネルギーを消費しているんだか……。

その後も好き勝手に注文し、全員が飲み食いを始めた頃《ころ》、ソフィアが心配そうに言った。

「けど、本当にツカサさんを捜《さが》さなくてよかったんでしょうか？」

「ツカサは元々一人でいることが好きだし、腕が立つから大抵《たいてい》のトラブルは自分で解決できる。だから問題ないだろう」

バーテンダーが用意してくれた肉料理を口に含《ふく》むと、中々に噛《か》みごたえのある、犬の俺に最適な触感《しょっかん》の料理だった。

おぉ！　めっちゃうまいな、これ！

人間にはちと硬《かた》すぎるが、犬の俺にはこの歯ごたえがたまらん！

……ん？　まさかこれ、俺のために作られたメニューだったりするのか？

あ、あのバーテンダー、粋《いき》なことしてくれるじゃねぇか！

と、人が幸せに浸《ひた》っていると、対面の席に座っているミリルが、ドン、と飲みかけの酒

が入った木製のジョッキを机に叩きつけた。

「よくありませんよぉ～！　せっかく、あの憧れのツカサさんに会えたっていうのに、すぐどっか行っちゃうんすもん！　うー！」

ミリルは顔を真っ赤にし、すでに出来上がっているらしかった。

「あんまり飲むなよ。……つーか、お前はあのカルシュって奴と一緒にいなくてよかったのかよ」

「いいんですよぉ。どうせカルシュ騎士団長《きしだんちょう》一人でなんでもできちゃいますし、自分なんてどうせ下働きしかさせてもらえないんでぇ～。ひっく！」

「あっそう……。そういや、ミリルはツカサに憧れて騎士団に入ったって言ってたが、ツカサとはどんな繋がりなんだ？　ツカサはミリルのこと知らなかったっぽいけど」

「ツカサさんは元々ここらへんじゃ有名人なんすよ！　なんたって、『白銀騎士団《しろがねきしだん》』の副団長でしたからねぇ～！　自分は騎士団に入る数年前、ツカサさんに悪漢から助けてもらったことがあったんです！　それからはツカサさんと一緒に働きたくて、ず～っとツカサさんを追いかけてがんばってきたんです！　……それが、いざ『白銀騎士団』に入団してみれば、ツカサさんは少し前に騎士団を抜けたって言われて……はぁ～。もう散々っすよ～」

元副団長、か……。なるほど。ツカサの強さや、状況分析《じょうきょうぶんせき》の正確さ、知識量はその頃身につけたものなのか。

「で？　なにがあってツカサは騎士団を抜けたんだ？　おたくの騎士団長とひと悶着《もんちゃく》あったようだが」

「さぁ？　自分は知らないっすね～。こう見えても自分、ヒラなんで！」

「胸を張って言うな」

バキバキと歯ごたえのある肉料理を噛んでいると、ぞっとする寒気を横から感じ、そちらに視線を向けると、うっとりとした表情のレイナが俺を見つめていた。

レイナはぼそりとつぶやく。

「鼻血出そう」

「帰れ」

「え⁉　一緒に⁉」

「一人で帰れ！」

ソフィアに見つかってまた怒られてしまえ、と思ったが、ソフィアはいつの間にか机に額をくっつけてイビキをかいていた。その目の前にはほとんど口をつけられていない酒が置いてある。

「この量でもうつぶれたのか……。ソフィアは酒弱かったんだな」

あれ？　ソフィアってまだ二十歳《はたち》じゃないよな？　酒飲んでいいのか？

「な、なぁ。酒って何歳《なんさい》から飲んでいいんだ？」

ぐびっと酒をあおりながら、ミリルが答える。

「そりゃあ大人になってからですから、十二歳《さい》以上っすよ！　常識ですよ、常識！　あはは！」

十二歳で大人扱《あつか》いなのか……。

俺がいた世界の常識から考えると、とんでもない世界だな……。

あれ？　けど昔は元の世界もそんなもんだったって聞いたような？　外国の話だったっけか？

ま、なんにせよ。常識なんて住んでる世界ごとに違ってて当たり前か。

と、わいわいと騒いでいる中、店の奥で数人がミリルを指さし、ひそひそと言葉を交《か》わしたあと、逃げるように出ていったのがわかった。

おそらく、ミリルの白いマントから、騎士団の関係者であることを察して出て行ったのだろう。出て行った奴らは、冒険者《ぼうけんしゃ》ギルドで騎士団の話をして顔をしかめていた連中と同じような表情を浮かべていた。

「なぁ、ミリル。どうして騎士団はみんなから避けられてるんだ？」

「ん～？　自分も詳《くわ》しくはないんですが、なんでも騎士団に関する根も葉もない噂が出回ってるらしいっすよ～？」

「噂？」

「いわく、騎士団は裏で、貴族の命令で人を殺してるだの、臓器売買にかかわってるだの、反抗《はんこう》する市民の家に放火しただの……。そりゃあろくでもない噂が出回ってるんすよ！　けど、そんなの全部デマですから！　自分はもう一年も騎士団にいるんですけど、そんな物騒なことなんて一切《いっさい》してないですからね！　ほんといい迷惑《めいわく》っす！」

匂いから、ミリルの言葉に嘘偽《うそいつわ》りはないことは明白だ。

だが、カルシュと会った時のツカサの様子を見た限りでは、ミリルの言葉をそのまま鵜《う》呑《の》みにすることなど到底《とうてい》できなかった。

注文した料理もひとしきり食べ終わった頃、カルシュの言っていた言葉を思い出した。

『ま、どうせすぐにまた会うことになるだろうけどね』

すぐまた会うことになるって、あれはどういう意味だったんだ？

気になって、さすがに酒を飲みすぎて青ざめた顔で水をあおるミリルにたずねた。

「なぁ、ミリル。カルシュが言ってた、どうせすぐまた会うって、あれはどういう意味なんだ？」

ミリルは頭が痛いのか、こめかみを押《お》さえている。

「ん？　あれ？　知らないんすか？　今回の新種モンスター討伐の大規模クエスト、あれ、自分ら『白銀騎士団』が、冒険者ギルドを通じて募集《ぼしゅう》してるんですよ？」

「なに？　そうなのか？」

「ええ。周辺の安全管理も、一応騎士団の仕事なんで。……あー、頭いたい」

となると……。ツカサは今回参加しないって言い出すかもしれないな……。

カルシュといろいろありそうだったし……。

となると戦力になるのは俺だけか……。

はぁ……。うちのパーティー、戦えるのが俺とツカサだけなんだよなぁ……。

誰《だれ》か戦える奴入ってくれないかなぁ……。

誰からとなく、そろそろお開きに、という雰囲気《ふんいき》になると、それを察してか、例の不愛想なバーテンダーがそそくさと伝票を持ってやってきた。

「もう帰るの？　だったら、はい、お会計お願い。誰が払《はら》うの？　割《わ》り勘《かん》？」

俺はミリルとレイナが伝票を確認《かくにん》する前に、二人に確認した。

「ここは割り勘でいいよな？　誰がどれだけ食べたか計算するのとか面倒《めんどう》だし」

ミリルがふらふらと手を振《ふ》って、

「いいっすよ～」

レイナもそれに続き、

「ええ。うちもそれで構わないわ」

と返答した。

その答えを聞くなり、俺は酔《よ》いつぶれたソフィアを抱《かか》え、さっさとエマに会計を済まさせた。

「んじゃ！　また明日な！　……それと、割り勘でいいって言ったのはそっちだからな！」

ミリルとレイナは首を傾《かし》げ、改めて伝票に目を落とすと、二人ともその金額に目を白黒させた。

「ちょっと！　なんなんすかこの料金！」とミリル。

「どこの誰がこんなに食べたのよ⁉　うちのパーティーの三日分の食費じゃない！」とレイナ。

俺はそんな二人を他所に、さっさと『暁の皿』を後にした。

悪いな、諸君。だが、あきらめてほしい。

なぜなら、パーティーの負担（エマの食費）を減らすのも、リーダーである俺の務めなのだから！

第七話『柴犬《しばいぬ》と大規模クエスト』

翌日。

ヴォルグの冒険者ギルドの建物の前には、すでに数十人の冒険者が集まっていた。

それぞれが四、五人程度のパーティーを形成し、殺気だった視線で武器の最終調整をしたり、集まった他の冒険者たちを値踏《ねぶ》みするように睨《にら》みつけたりしている。

複数のパーティーで行われる大規模クエストとは言っても、やはり重要視されるのは見知ったパーティー内での連携《れんけい》であり、他所のパーティーと手を組んで作戦を進めようなんて奴《やつ》はまずいないだろう。

ま、それはうちも例外じゃないしな。

昨日のことが冒険者の間ですでに伝達されているのか、数人の冒険者は、俺のとなりにいるツカサを見てひそひそとささやき声を漏《も》らした。

「ほんとに元副団長が来てるのか……。あまり近づかない方がいいな」

「あいつは腕が立つらしいが、仲間だろうと容赦《ようしゃ》なく切り捨てるって噂《うわさ》だぞ」

「おい！　あんまり見るな！　絡《から》まれたら厄介《やっかい》だ！」

そんな軽口を叩《たた》く輩《やから》に、俺は心底腹が立った。

「どいつもこいつも……ツカサのことを何も知らないでグチグチ言いやがって！　やっぱり一度痛い目を見せてやるか！」

と毛を逆立たせるも、ツカサがちょんと俺の頭を指で突っついた。

「そうカッカするな、タロウ。きちんと神様らしくしてないと、ますます誰もフェンリルだって信じてくれなくなるぞ？」

「はっ！　た、たしかにそれはまずい！　……ぐぬぬ。けど、ツカサはいいのかよ。好き勝手に言われて……。というか、今日だってほんとは不参加でもよかったんだぞ？　言ったろ？　この大規模クエストの募集をかけてるのが、カルシュのいる騎士団だってことは」

「どっちも別に構わんさ。カルシュの顔を見るだけで反吐《へど》が出るのはどこにいても同じだ」

「俺もあいつは好かん。絶対腹の中真っ黒だぞ」

「あはは。うむ。同感だ。だからタロウも、あいつにはあまりかかわらない方がいいぞ」

あいつにはかかわらない方がいい、というツカサの言葉につい反応してしまった。

「ところで――」

――お前とカルシュの間に、昔何があった？

と、続けようとして、ぐっと言葉を呑《の》み込む。

ツカサのことだ。話したいのならとっくに俺たちに話している。

つまり、まだ聞かされていないということは、俺たちにはまだ話したくないということだ。

ならばあえて聞くまい。俺はこう見えても心遣《こころづか》いができるフェンリル《しばいぬ》なのだから！

なんて考えてる俺の胸中は見透《みす》かされているのか、ツカサは笑みを浮かべて、俺の頭をぐしぐしと撫《な》でた。

最初ヴォルグに到着《とうちゃく》した時は顔を隠《かく》すようにフードをかぶっていたツカサだが、今は普《ふ》段《だん》通りの服装になっている。

『仲間に迷惑をかけたくない』という考えから、『仲間なら多少の迷惑はお互《たが》い様《さま》』くらいには考え方が変わったということだろうか。

その光景を後ろで見ていたソフィアが、勢いよく飛んできて俺の体にしがみ付く。

「ツカサさんだけずるいですよ！　私にもちょっと触《さわ》らせてください！　スーハースーハー！　あぁ！　生き返るぅ！」

「俺の匂いを嗅《か》いで生き返るな！　訴《うった》えるぞ！」

「えっ！　なんですかその脅《おど》し文句《もんく》！　訴えられたら私負けちゃうので絶対やめてください！」

負けるようなことしてる自覚はあるのか……。

そんなやりとりをしている中、不安そうな表情を浮かべたエマがぼそりと呟《つぶや》いた。

「ボクはただの料理人なのに……どうして討伐《とうばつ》クエストなんかに……」

「今回は新種のモンスターを探すところから始まるから、場合によっては数日かかる。だからその間の食事をエマに担当してもらおうと思ってな。安心しろ。誰もエマに戦わせようなんて思ってないから」

「……まぁ、それなら」

口では納得《なっとく》しているが、やはり不安は拭《ぬぐ》えないらしく、そわそわと落ち着きなく目線を泳がせている。

聞いた話では、長期間クエストに参加する冒険者は、味気ない携帯《けいたい》食料や現地の食材で飢《う》えを凌《しの》ぐ者がほとんどで、専属の料理人を連れてくるパーティーなどまずいない。

しかし、食欲というものは人間の三大欲求の一つに数えられるほど重要視されているもの。明日をも知れぬ危険なクエストをこなし、粗末《そまつ》な食べ物だけで空腹をごまかす日々に嫌気《いやけ》がさし、ストレスで冒険者を辞めてしまうものも多いらしい。

だからこそ！　超一流《ちょういちりゅう》のエマがふるまう料理は、そんな地獄《じごく》のような状況《じょうきょう》であればどれだけ高値をつけても飛ぶように売れるはず！

くっくっく！　この稼《かせ》ぎ時、逃《のが》してなるものか！

◇　◇　◇

やがて、それまであぁでもないこうでもないとパーティー間で話し合いをしていた冒険者たちが、一斉《いっせい》に静かになった。

全員が同じ方向を見ているのでそれに倣《なら》うと、『白銀騎士団』の団員数名と、ミリル、それからその中央に騎士団長であるカルシュが陣取っていた。

集まった冒険者たちの顔をぐるりと見回したカルシュは、小さく頷《うなず》き、口を開く。

「やぁ、冒険者の諸君。今日は我々騎士団が発注した大規模クエストによく名乗りを上げてくれたね。知っての通り。今回のクエストは新種モンスターの討伐だ」

そうしてカルシュが話し始めたにもかかわらず、集まった冒険者たちのうち数人は不満そうにざわつきだした。

「はぁ？　このクエストって騎士団が出してたのかよ……」

「まじかよ……。だったら俺はパス」

「そうだね。騎士団にかかわるの、ちょっと怖いし……」

一人、また一人と背中を向けて去っていく。

そんな様子に一切怯《いっさいひる》むことなく、カルシュは淡々《たんたん》と続けた。

「すでに、この新種のモンスターたちによって、甚大《じんだい》な被害《ひがい》を被《こうむ》った村がいくつも存在する。当然、これまでに何度も討伐クエストは発注されたが、そのいずれも冒険者側の敗北に終わった」

話の腰《こし》を折るのもいかがなものかと思ったが、つい口をはさんで質問を投げかけた。

「なぁ。今、新種のモンスター『たち』って言ったよな？　敵は一体じゃないのか？」

犬の姿をした俺が言葉を発したことに数人の冒険者が驚《おどろ》いたようにぎょっと目を見開くが、カルシュは小さく頷いて続けた。

「あぁ。確認されているだけで、新種のモンスターは三体いる。まず一体目、頑丈《がんじょう》な鉱石で全身を包み、驚異《きょうい》の防御力《ぼうぎょりょく》を誇《ほこ》る。次に二体目、体中の至る所から触手《しょくしゅ》を生やし、それをムチのようにしならせ、尋常《じんじょう》ならざる速度で攻撃《こうげき》を放つ。最後に三体目、巨大《きょだい》な翼《つばさ》を持ち、そこから放たれる羽根には強烈《きょうれつ》な痺《しび》れ毒が塗布《とふ》されている。あとでここにいる全員に解毒剤《げどくざい》を配布する。短時間なら予防効果もあるので、もしも出会った時はあらかじめ服用しておくことを強くすすめる」

「新種モンスターが三体……？　それって何かおかしくないか？　事前に聞かされてる目的地が一か所ってことは、新種モンスター三体が、全部同じ場所で発見されたってことだろ？　ありうるのか、そんなこと？」

「俺もそんな話、一度も聞いたことがないね。だが、今はそんな些細《ささい》なことに構っている余裕《よゆう》はない。こうして俺たちが足を止めている間にも、また一人、新種のモンスターの犠牲《ぎせい》になっているかもしれないのだから。そうだろう？」

そんなことは気にせず、言われたことだけを全《まっと》うしろってことか……。

けど、新種が同じ場所で同時に三体も見つかるなんて、そんなのどう考えてもおかしいだろ。

俺がいた世界で考えると、近所の公園で新種の虫が同時に発見されるようなもんだろ？

そんなの実際起こったらちょっとしたニュースになるぞ……。

いや、新種のモンスターと虫を同列で考えてもしかたないことだけど……。

カルシュ自身、一度もそんな話は聞いたことがないと言っていた。この世界でも今起こっていることが異常だということは間違いない。

やっぱり……唯一神候補《ゆいいっしんこうほ》が絡んでいるのか……？

『白銀騎士団』の姿を見て数組のパーティーが去ったとはいえ、この場にはまだクエストを続行できるだけの人数は残っていた。

「目的地はヴォルグから北へ向かったところにある森だ。馬車で四時間ほどの道のりになる。その間は各自英気を養っておいてほしい」

それから一通りの簡単な説明を終えたカルシュは最後に、この場に残っている冒険者たちに念を押すように付け加えた。

「あぁ、そうだ。途中《とちゅう》で何人かの冒険者が帰ってしまったようだから、その分の報酬《ほうしゅう》は丸々、今回のクエストで最も成果を挙げたパーティーへ配分することを約束するね。以上」

その一言で、あからさまに冒険者たちがにんまりと口角を緩《ゆる》め、士気が高まったことがわかった。

なるほどな……。今この場に残っているのは、ほとんどが騎士団へ嫌悪感《けんお》も持っていない、あるいは持っていたとしてもそれ以上に金に目がくらんだ冒険者たちだ。顔を合わせたばかりのパーティー同士を無理やり協力させるより、報酬をちらつかせて対抗心《たいこうしん》を煽《あお》った方が効率よくクエストをこなそうとするに違《ちが》いない。

あのカルシュってやつ……騎士団長ってだけあって人の扱いには長《た》けてるってわけか。

カルシュが話し終えるとほぼ同時に、数台の馬車が到着し、その荷台に冒険者たちがぞろぞろと乗り込んでいった。

俺たちの前にも一台の馬車がやってきたので、それに乗り込もうとすると、鼻につく語気の怒声《どせい》がそれを阻《はば》んだ。

「おい！　てめぇら、約束は覚えてんだろうな！」

声の主は、昨日冒険者ギルドで揉《も》めたAランクパーティー『夕暮れの盃《さかずき》』のリーダー、ジグルだった。その後ろにはご丁寧《ていねい》に他のメンバーたちも揃《そろ》って、ニタニタとすでに勝ちを確信しているかのように笑みを浮かべている。

「あー、またお前らか。はいはい。覚えてる覚えてる。じゃ、今忙《いそが》しいからまた後でな」

「流してんじゃねぇよ！　てめぇらが俺たちよりも戦果を挙げられなかったら、二度と冒険者を名乗んじゃねぇぞ！　わかったな！」

俺が適当に受け流そうとすると、ソフィアが間に入り、

「そして、私たちがあなた方よりも戦果を挙げれば、そちらが持っている魔導書《まどうしょ》を譲《ゆず》っていただける、そういう約束でしたよね？」

その物怖《ものお》じしない態度に、さすがのジグルも圧倒されたのか、一歩退いて勢いを弱めた。

「あ、あぁ、そうだ！　ま、んなこと天地がひっくり返ったとしてもありえねぇがな！」

ジグルの返答に満足したのか、ソフィアはくるっとこちらを振り返り、俺たちの馬車へと歩を進めながら言った。

「さぁ、タロウ様。言質《げんち》はたしかに取りましたし、もう行きましょう」

「そ、そうだな」

その後、ジグルたちが「調子に乗るな！」だの、「このエセ冒険者が！」だのとのたまっていたが、俺たちはさっさと馬車へと向かった。

第八話『柴犬と蟲葬《ちゅうそう》』

ジグルたちから離《はな》れ、馬車の荷台に乗ろうとするも、そこにはすでにいくつかの木箱が積んであり、少々手狭《てぜま》になっていた。

「なんだ、随分狭《ずいぶんせま》いな……」

ぼそりと文句を言うと、思いがけず御者《ぎょしゃ》から声が飛んできた。

「しかたないじゃないっすか。数日分の毛布やらなにやらが詰《つ》まってるんですから」

荷台から前方を注視すると、そこには手綱《たづな》を引くミリルの姿があった。

「なんだ。ミリルが御者をやるのか？　そういや、カルシュが話してる途中から騎士団の連中が何人かいなくなってたな」

「ま、人件費削減《さくげん》ってやつですね。自分は騎士団では下働きですが、馬の扱いにはそれなりに自信があるんで期待しててほしいっす。あ！　ツカサ様も一緒なんですね！　まさか自分の馬車にツカサ様を乗せる日が来るなんて、超感激《ちょうかんげき》です！　前なんか見てる暇《ひま》ないっすね！」

「振り返るたびにかみついてやるからな！」

「うぅ……ひどいっす……」

「安全第一だ」

これからの行く末を心配していると、今度は荷台の後ろの方から「ちょっと失礼するわ」と、誰かが割り込《こ》んで乗り込んでくるのがわかった。

「ん？　誰だ？」

声がした方をくるりと振り返ると、そこには当然のように荷台に腰を落ち着けるレイナの姿があった。

レイナは、や、と俺に小さく手を振り、

「あら。偶然《ぐうぜん》ね」

「こんな偶然があるか。なんでそこに座ってるんだ」

「大した理由はないわ。目的地まで少しかかるようだから、その間ちょっぴり抱《だ》き心地《ごこち》のよさそうななにかがないか探してたら、たまたまここにたどり着いただけよ」

「そうか。毛布ならその木箱の中に入ってるから持っていけ。そしてもう戻《もど》ってくるんじゃないぞ」

「まぁまぁ、そう遠慮《えんりょ》しないで。四時間ほど一緒《いっしょ》にいましょう。そうしましょう」

「人の話を聞け……」

今にも俺にとびかからんと、ぐいぐいと距離《きょり》を詰めるレイナ。

だが、ソフィアがその首根っこを後ろから掴《つか》み、そのまま馬車の外へと引っ張り出した。

「またあなたですか！　タロウ様は抱き枕《まくら》じゃないんですよ！　気軽にもふられては困ります！　どうしてもタロウ様をもふもふしたいなら、ちゃんと私に許可を取ってください！」

え？　俺をもふもふするのってソフィアの許可制なの？

「わ、私は別に、もふもふなんて……」

「あぁ、そうですか。じゃあさっさと自分の馬車に戻ってください」

「え？　い、いや……その……」

「なんですか？　まだ何か？」

「も……もふ……」

「え？　声が小さくて聞こえません。もっとはっきり言ってください」

「もふ……もふ……」

「なにを恥《は》ずかしがってるんですか！　もっと自分に正直になるんです！　さぁ！　さあ！」

「も、もふもふ！　させてください！」

わけのわからないことを恥ずかしそうに宣言するレイナの肩《かた》に、ソフィアはぽんと手を置いた。

「それでいいんです。ようやく自分に正直になれましたね。さぁ、私と一緒にタロウ様をもふりましょう！」

「はい！」


なんだこれ？


すっかり置いてけぼりになった俺に、ソフィアとレイナが飛び込んできて、

「あぁ！　タロウ様！　今日もあいかわらずもふもふですね！」

「はぁ……。この感触《かんしょく》！　やっぱりそんじょそこらのわんちゃんとは大違《おおちが》いね！」

「むふふ。レイナさん、あなた中々見る目があるじゃないですか」

「そ、そんなこと……。あぁ……けどほんとに気持ちいい……」

「そうです！　タロウ様は世界一強くて凛々《りり》しくてかわいくて、抱き心地も最高なんです！　ほらっ！　このカールした尻尾《しっぽ》とか特にふわっふわですよ！」

「ふわっふわ！」

「耳の後ろもさらっさらです！」

「さらっさら！」

「うふふ」

「あはは」


なんだこれ？

いや、マジでなんだこれ……？

その後数十分、俺《おれ》は二人のおもちゃにされたのだった。

◇　◇　◇

レイナを馬車から叩き出して早三時間。すでに周囲に人気《ひとけ》はなく、漠々《ばくばく》と広がる痩《や》せこけた大地だけが広がっていた。

「このあたりにはあまり植物が生えていないんだな」

前方で馬車を操《あやつ》るミリルがこちらを一瞥《いちべつ》すると、その首にぶら下がっている十字架《じゅうじか》のペンダントがきらりと揺《ゆ》れる。

「そうっすねー。聞いた話ではこの辺の土地全部硬い岩盤《がんばん》で覆《おお》われてて、開拓《かいたく》も舗装《ほそう》もできず、そのくせ水はけだけはよくて、他所《よそ》から土を持ってきて植物を育てようとしてもうまく育たないらしいですよ。ま、所謂《いわゆる》不毛の土地ってやつっすね」

「不毛の土地、ねぇ……」

「……ま、そんな土地でも、使い道があるにはあるんすけどね……」

ミリルの含みある物言いに「使い道？」と聞き返すも、何故《なぜ》か返答はなかった。

今まで森とか山とか人里とか、風景こそ違えど、なんだかんだ元の世界と似たような雰囲気だったから、こういう見慣れない景色は新鮮《しんせん》だな。

そういやぁ、俺が会社で担当してた案件、誰か引き継《つ》いでくれたかな？

……って、いやいや。あんなブラック企業《きぎょう》の心配なんてしてどうすんだ。

ちょっと気を抜くと沁《し》みついた社畜根性《しゃちくこんじょう》が出てきちまう。

おー怖い怖い。

頭を振って嫌《いや》な記憶《きおく》を払《ふっ》しょくし、ツカサたちの方に向き直る。

「なぁ、みんなはどう思う？　新種のモンスターが同じ森で同時に三体も発見されたことについて」

腕《うで》を組んで精神統一をしていたツカサが、静かに目を開ける。

「不自然この上ないな。未開の土地や、人がめったに踏《ふ》み込まないような土地で新種が発見されたというならいざ知らず、聞けば新種が発見された森は特殊《とくしゅ》な薬草が豊富に手に入るとかで、遠方からも採集に訪《おとず》れる者がそれなりにいるらしい。そんな場所で新種が発見されたとなれば、その新種は以前から森に生息していたのではなく、最近になってその森に出現したと考えるのが妥当《だとう》だ」

ソフィアもうんうんと力強く頷く。

「やっぱり他の唯一神候補が絡んでると思うんですよ！　私は！」

「うむ。あたしもその可能性は大いにあると思う。ま、相手の狙《ねら》いまではわからんがな」

「目的か……。相手が仮に唯一神候補だとすれば、神鬼《しんき》と同じく、人間に恐怖心《きょうふしん》を与《あた》えることで精神を支配し、信仰心《しんこうしん》を集めて自分を強化することが目的なのかもしれない。だとすると、今こうやって新種のモンスターだと噂になっているのも、相手が故意に情報を流し、恐怖を伝播《でんぱ》させようとしていると考えると合点《がてん》がいく」

「ふむ。一理あるな。だがたしか、鉱石の皮膚《ひふ》を持つ、ムチのような触手を持つ、麻痺《まひ》毒を持った翼を持つ、が三体それぞれの特徴《とくちょう》だったが、あたしはそっち方面には明るくないのだが、そんな特徴の唯一神候補は存在するのか？」

ツカサの素朴《そぼく》な疑問に、ソフィアが、「う～ん……」とうなり声を漏らす。

「そう言われると……ぱっと思《おも》い浮《う》かばないですね。けど、私が知らないだけで、そういう唯一神候補もいる……かも？」

「かも、か……。あまりあてにならんな」

「すいません、タロウ様……」

そんな話をしていると、ミリルが「あっ」と小さく声を漏らすのがわかった。

「どうし――た――？」

前方に視線を向けた瞬間《しゅんかん》、ミリルが何を見て声を漏らしたのかがすぐに理解できた。

馬車が走る舗装もされていない凸凹《でこぼこ》道の横に、ずらりと並んだ藁《わら》の塊《かたまり》と、それを見下ろし、涙《なみだ》を流す人々。

そしてその藁の隙間《すきま》からは、血の気のない人間の体の一部が露出《ろしゅつ》していて、無数の小さな甲虫《こうちゅう》がわらわらと集まっていた。

そのあまりの光景に言葉を失っていると、ツカサがポツリとつぶやいた。

「蟲葬《ちゅうそう》か……」

ミリルは馬車の速度を落とし、できるだけ砂埃《すなぼこり》が立たないように配慮《はいりょ》しながら、

「そうっす。この辺りはほとんど生き物もいない不毛な土地ですが、死肉だけを綺麗《きれい》に食べる甲虫がいて、その虫は天の使いと信じられてるんです。なので誰かが亡《な》くなると、その肉を甲虫に食べさせ、骨だけを埋葬《まいそう》するのがこの辺の一般的《いっぱんてき》な風習なんです」

「他の地域でも何度か見たことがある。だが、この数は……」

ツカサがゴクリと唾《つば》を呑み込む音がする。

目の前に横たわる異常な数の死体は、否応《いやおう》なく、俺たちにその原因を連想させた。

「まさか、これ全部……」

俺がそう言葉を漏らすと、ミリルがコクッと頷いた。

「そうっす。全部、例の新種のモンスターに殺されたんです」

よくよく見ると、さほど虫に食われていない死体も損壊《そんかい》が激しく、五体満足でないものも多くあった。

大勢の犠牲者《ぎせいしゃ》が出ていると、話には聞いていた。

だが、それをこうして目《ま》の当たりにすると、やはり自分はまだ、その現実をきちんと受

け止めていなかったのだと思い知らされた。

物言わぬ人たちの家族だろうか。何人もがしくしくと泣き声を漏らし、その中にはまだ小さい子供や赤《あか》ん坊《ぼう》もいた。


自分があまりにも無力で、歯がゆかった。


人は、一度死んだら生き返らない。

そんなことは知っている。

だからこそ、この事態を起こした原因を許すことなどできはしなかった。

もしも……もしもこれが唯一神候補の仕業《しわざ》だとすれば、そんな奴を野放しになどしておくものか！

第九話『柴犬と石橋』

蟲葬の横を過ぎ去ると、目の前には一本の石橋が現れた。

崖下《がけした》はむき出しの岩肌《いわはだ》の奥《おく》が白んでいて、底がどうなっているのか見えない。

「こりゃあ落ちたら助からないな。ミリル、慎重《しんちょう》に行ってくれよ」

「お任せください！　自分の命にかえてもツカサ様はお守りいたします！」

「ツカサだけかよ……」

石橋の横幅《よこはば》はそこまで広くはなかったため、何台か連なって進んでいた馬車は速度を落とし、一列になって進み始めた。

石橋の中央に差し掛《か》かった時、《超嗅覚《ちょうきゅうかく》》を持つ俺の鼻は、その異変を誰よりも早く感じ取った。

それは崖下から一気にこちらへ接近してくる、激しい悪意の臭《にお》いだった。

「おい！　馬車を止めろ、ミリル！」

「はい？」

俺の言葉に首を傾げるミリルの向こう、馬車の列の前方から、ドゴンッ！　と何かが爆《ばく》発《はっ》するような鈍《にぶ》い音が響《ひび》く。

それは谷底に反響《はんきょう》するなり、砂煙《すなけむり》の柱を高々と舞《ま》い上がらせた。

何が起こったのかと注視すると、前方を進んでいる馬車の列が、石橋ごと、まるで下から突《つ》き上げられたように散り散りになり、そこに乗っていた冒険者《ぼうけんしゃ》共々空高く舞い上がっていた。

そしてその中央、砂煙をまとうように、青々とした鉱石を体にまとった、とてつもなく巨大な、四足歩行のトカゲに似たモンスターが弧《こ》を描《えが》くように体をしならせている。

おそらく、このモンスターが下から飛んできて、石橋ごと馬車の列に突っ込んだのだろう。

トカゲのようなモンスターを視界に捉《とら》えた瞬間、《超嗅覚》の効果で、目の前に名前が表示される。

◇◆◆◇◆◆◇◆◆◇◆◆◇◆◆◇◆◆◇◆◆◇

『鉱殻蜥蜴《ラピス・リザード》』

体力：5000
筋力：4300
耐久《たいきゅう》：12000
俊敏《しゅんびん》：1100
魔力《まりょく》：500

◇◆◆◇◆◆◇◆◆◇◆◆◇◆◆◇◆◆◇◆◆◇◆◆◇

唯一神候補……じゃない。
全身を覆った鉱石の外皮……。
間違《まちが》いない！　報告にあった新種のうちの一体だ！
だが何故《なぜ》だ……何故奴《やつ》がここにいる。目撃《もくげき》証言があった森はまだ先だぞ……。

まさか、待ち伏《ぶ》せされてた……？

考えが定まらないまま、大トカゲによって破《は》壊《かい》された橋は前方からものすごい速さで崩《ほう》壊《かい》していく。

「ツカサ！　ソフィアを頼《たの》む！　俺はエマを！」

「わかった！」

グラリ、と馬車全体が沈《しず》み込むように揺れる。

荷台の後方に乗っていたソフィアはツカサに抱きかかえられ、なんとか外へ飛び出した。

俺もそれに続き、荷台の中央付近で目を丸くしていたエマを咥《くわ》えて外へ飛び出そうとするが、運悪く、積んであった木箱が倒《たお》れてきて、それからエマを守るために体当たりし、いらぬ時間を浪費《ろうひ》してしまった。

その一瞬《いっしゅん》の行動が命取りとなってしまい、馬車はすでに石橋とともに地上から離れた地点まで落下してしまっていた。

くっ！　この距離じゃ、エマを咥えたままだと届かない！

目の前には何台もの馬車や荷物が等間隔《とうかんかく》に落下し、岩肌の方へと続いている。

だがそれも、落下するごとに段々と距離が生まれてしまっていた。

考えている暇はない！　エマを咥えたまま、あの岩肌を滑《すべ》って衝撃《しょうげき》を和《やわ》らげる！　それしかない！

馬車から飛び出そうとした時、ミリルの存在を忘れていたことを思い出し、馬車の前方を一瞥する。

しかし、そこには無情に落下する馬が二頭いるだけで、ミリルの影《かげ》はすでになかった。

ミリル……？　脱出《だっしゅつ》できたのか？　それとも、もう……。

くそっ！　考えてる暇はない！

「エマ！　しっかり歯食いしばっとけよ！」

「え？　え？　タ、タロウ、まさか……」

「飛ぶぞ！」

「ひっ――」

顔を青ざめさせ、息を呑むエマに気をつかっている余裕はなく、俺はエマの襟首《えりくび》を咥えると、馬車を蹴《け》り、他の馬車や荷物を飛び渡《わた》り、岩肌へと爪《つめ》を立てた。

無論、すでに落下していたエネルギーが完全に相殺《そうさい》されるわけもなく、俺の爪はガリガリと岩肌に削《けず》られながら、崖下へと突き進む。

ほぼ九十度にそそり立つ崖《がけ》。だが、ここで少しでも速度を殺さないと、俺もエマも地面に直撃《ちょくげき》し、死ぬ！

「ちっ！　勢いが殺せねぇ！　速すぎる！」

なんとかバランスを保ちつつ、岩肌に爪を食いこませ、体が離れてしまわないように注意するが、思ったように速度は落ちなかった。

そうだ！　上に向かって《瞬光《しゅんこう》》を使えば、勢いが相殺できるんじゃ――って、だめだ！　《瞬光》は勢いがありすぎる！　それだとエマの体への負担が大きい！

考えろ！　考えろ！　考えろ！

そしてたいして速度も殺せぬまま、地面が目の前に迫《せま》った時、俺はエマを守るように体を丸めると、咄嗟《とっさ》に大声で叫《さけ》んだ。

「《影箱《かげばこ》》！」

落下する俺たちの間に出現する《影箱》の黒い渦《うず》。

その渦から、落下する俺たちに向かって勢いよく大量の水が噴《ふ》き出した。

以前、霊泉《れいせん》の水を持ち運んでも効果があるかどうか、こっそり試《ため》していた時の残りだ。

勢いよく噴き出した水は、エマを抱《かか》えて丸くなっている俺の背中にぶつかり、その落下速度を大幅《おおはば》に軽減させる。

直後、ドンッ、という鈍い音と、視界が歪《ゆが》むほどの衝撃と共に、俺の全身は乱暴に地面にぶつかった。

ゴロゴロとそのまま横へ転がると、慌《あわ》てて起き上がり、エマの無事を確かめる。

「エマ！　大丈夫《だいじょうぶ》か！」

「ふにゃあ～。ボ、ボクは、らいじょうぶ～」

目を回してはいるが、怪我《けが》をしている様子はなかった。

「はぁ……。よかった……。霊泉の水には助けられてばかりだな。また帰ったら補充《ほじゅう》させてもらおう」

と、安心したのも束《つか》の間《ま》、ズキリと激しく右足が痛むのがわかった。

見ると、右前足が赤黒く変色している。

まずい……。これ、完全に折れてるぞ……。地面に落ちた時、打ちどころが悪かったのか……。

　ようやく回っていた目も治まったのか、ひょいっと立ち上がったエマは心配そうに俺を見下ろした。

「タロウ？　どうかしたの？」

「ん？　い、いや、なんでもない」

　とにかく今はこれ以上エマを不安にさせないように黙《だま》って――ん？

　ふと薄《うす》い霧《きり》が立ち込める周囲に視線を移した時、思わず言葉を呑《の》み込んでしまった。

「エマ、目を瞑《つぶ》れ。周りを見るな」

　周囲に広がった地獄のような光景を見せたくなくてそう言ったが、エマは俺の予想に反し、静かに首を横に振《ふ》った。

「ううん。ボクは平気。……ボクだって、冒険者。みんなの、仲間だから」

「そうか……」

　エマの意思を尊重し、俺はそれ以上は何も言わなかった。

　ただ、視界いっぱいに広がる、壊《こわ》れた馬車や冒険者たちの死体を見たエマの手は、かすかに震《ふる》えていた。

　だがそれでも、エマは目を背《そむ》けようとはしなかった。

いつの間にか強くなったな、エマ……。

改めて周囲に転がっている死体に目を向ける。

ツカサとソフィアはいないな……。ツカサが安全地帯まで運んでくれたんだろう。

よかった……。

霧で周囲はよく見えないが、例の大トカゲが俺たちを狙ってるような気配はしない。臭いは……血の臭いが充満《じゅうまん》しててわかりづらいが、近くにいないことは確かだ。

ミリル……はいないみたいだな。ということは、ツカサたちと一緒に逃《に》げられたのか？

元々馬車の外にいたし、一人で逃げる分には問題なかったのかもな。

ともかく今最優先すべきなのは、エマの安全だ。

できればツカサたちと合流したいが、怪我をした状態でこの岩肌を登るのは不可能だ。

《瞬光》を使えば上まで行けるかもしれないが、《瞬光》はエマを背負ったままでは衝撃が強すぎて使えない。

であればここは、大人しく崖下をまっすぐ、平坦《へいたん》な場所にたどり着くことを信じて進みつつ、登れそうな場所があればそこからエマを連れて上へを目指す。

うん。これが一番生存率が高そうだな。

「よし、エマ。さっきのモンスターに見つかる前に、さっさとここから離れるぞ。俺の上に乗れ」

「うん。わかった」

普段《ふだん》は重さなんてほとんど感じないエマの体でも、折れた足にはさすがに響いた。

「タロウ？　どうかした？」

一瞬あまりの痛みに顔を歪めてしまったせいで、エマが心配そうに眉《まゆ》をひそめる。

今、俺の足の怪我をエマに知られてしまうと、優《やさ》しいエマのことだ、きっとそんな状態の俺に乗ろうとはしないだろう。

だが、いくら足が折れたからといって、エマの徒歩よりも俺の方がまだ遥《はる》かに速い。

つまり、この方法が少しでもエマの生存確率を上げる最善手なわけだ。

「よし！　振り落とされるなよ！」

「うんっ！」

と、走り出そうとした時、後方の霧の中から、ドォォオンッ、という地響《じひび》きが聞こえてきて、咄嗟に足を止めてしまった。

そして続けざまに地響きがした方向から、焦《あせ》りに満ちた声が飛んでくる。

「だ、誰《だれ》かぁ！　助けてぇぇぇぇ！」

第十話『柴犬《しばいぬ》と鉱殻蜥蜴《ラピス・リザード》』

どこかで聞いたことのある、女の声だ。

霧をかき分けて姿を現した女は、ボロボロの姿になっているが、カルシュと一緒にいた、Aランクパーティー『夕暮れの盃』のメンバーの一人に違いなかった。

「お前『夕暮れの盃』の……たしかリッケ、だったか……？」

うろ覚えな相手の名前を告げると、冒険者ギルドでは散々俺たちのことを見下していたリッケは、地面に膝《ひざ》をつけ、乞《こ》うように両手を組んだ。

「お願い！　助けて！　このままじゃ、私も殺される！」

「お、落ち着け。何があったかきちんと話せ」

リッケは懐《ふところ》から一冊の魔導書を取り出すと、それを無理やり押《お》し付けてきた。

「あっ！　そ、そうだ！　ここ、これ！　あげるから！　だ、だからぁ！　お願い！　助けてぇ！」

「いや、今はそれどころじゃ……」

と、押し付けられた魔導書を無視しようとしたが、それを背中に座《すわ》っているエマがひょいっと受け取ると、そのままリュックの中にそそくさとしまい込んだ。

「もらえるものはもらっておく。それがボクの流儀《りゆうぎ》」

あ、そうですか……。

こんな状況《じようきよう》でも自分の流儀を崩《くず》さないエマに若干呆《じやつかんあき》れていたが、そんなことよりも、リッケが来た方角から悪意の臭いが強く漂《ただよ》ってくることに気づいた。

「ちっ。さっきの地響きは、あいつが飛んできた音だったってわけか……」

霧をかき分け、目の前に現れたのは、俺たちをこんな崖下に突き落とした張本人、『鉱殻《ラピス》・蜥蜴《リザード》』であった。

四足歩行の大トカゲ。鼻先から尻尾の先までを、びっしりと美しい青色の結晶体《けつしようたい》で覆っている。

ギョロリと見開かれた両目は、まるでカメレオンのようにそれぞれ別方向を捉えていた。のっぺりとした大きな口には、爬虫類《はちゆうるい》のような体躯《たいく》とは似ても似つかない、鋭《するど》い牙《きば》が何本も生えそろい、あろうことか、そこには下半身を口内に収められたジグルが苦しそうな表情を浮かべ、口からだらだらと血を垂れ流していた。

俺たちに気づいたジグルは、子供のように大粒《おおつぶ》の涙を流しながら、こちらに向かって手

を伸《の》ばし、助けを懇願《こんがん》する。

「た、助けてくれぇ……。お願いだぁ……。俺が……。俺たちが悪かったぁ……」

その壮絶《そうぜつ》な光景に、俺もエマも、仲間であるはずのリッケさえ、完全に言葉を失ってしまった。

「もう、手柄《てがら》を横取りしたり……悪いことしたりしないからぁ……。だからぁ、お願い……。助けてぇ……」


バクンッ。


と、ジグルが大トカゲに飲《の》み込まれると、リッケはその場に力なくへたり込み、その足元には生暖かい水たまりが広がっていった。

まずいな……。見た目からしてリッケは魔術師《まじゅつし》だろうけど、この様子じゃ戦力にはならない。

今最優先すべきなのはエマだ。

……だが、だからと言ってリッケをここに残せば殺されるのは確実。

一瞬、ここに来るまでに、馬車から放り投げられ、俺が助けられなかった冒険者たちの顔が脳裏《のうり》を過《よぎ》った。

くそっ！　どうすれば！

ぐっと歯を食いしばり、エマを連れてその場を離れる決心をつけようとしていた時、不意に、俺の視界の奥でゴソゴソと何かが動いているのが目に留《と》まった。

それは、すでに絶命したと思っていた冒険者たちだった。

まだ生きてる奴《やつ》がいたのか……？

エマの命を最優先にするなら、ここは見ず知らずの冒険者は見捨てるべきだ。

そんなことはわかってる。

わかってるが……。


無理だ。俺にはここにいる奴らを見捨てるなんてできない。


今の俺がやらなければいけないことは、一刻も早く大トカゲを討伐《とうばつ》し、ここへ救助隊を連れてきて、生き残った他の冒険者たちもまとめて救い出すこと！

それだけだ！

「エマ。悪い。少し、付き合ってくれるか？」

「うんっ！」

俺は、大トカゲに向かって高らかに宣言する。

「来い！　トカゲ野郎《やろう》！　俺がお前を食ってやる！」

◇　◇　◇

俺の首にエマが手を回し、振り落とされないようにがっしりと力を込めた。

問題は……。

横には力なく座り込み、瞳孔《どうこう》が開いたまま虚空《こくう》を見つめるリッケの姿がある。

「おい！　リッケ！　お前も俺につかまれ！」

リッケは一人、誰に言うでもなくぶつぶつとささやき声を漏《も》らしている。

「……こんなの嘘《うそ》……ありえない……私たちはAランクで……こんなこと……」

ちっ。今はショックで正気を失ってる。この状態ではエマのように背中に乗せて行動することはできない。

ならば……。

ズオォ、と、大トカゲの尻尾が霧を舞い上げるように高々と持ち上げられると、それはまるでしならせた腕のように弧を描き、横一線に俺たちへ襲《おそ》い掛かってきた。

すぐにリッケの襟首を咥え、上へ飛び上がり、その攻撃《こうげき》を回避《かいひ》する。

横一線の薙《な》ぎ払《はら》い……。動きはとろいが、少し違《ちが》えば倒れている周りの冒険者ごと巻き込《こ》みかねない攻撃だ。敵の狙いが俺たちに集中してて助かった……。

大トカゲによる尻尾の薙ぎ払い攻撃を避《よ》け、地面に降り立つと同時に、魔力を振り絞《しぼ》る。

「《狼の大口《ネメシス・アギト》》！」

俺の足元の影から出現する、巨大《きょだい》で真っ黒なフェンリルの頭部。

それがあんぐりと大口を開け、大トカゲの横っ腹に牙を突き立てた。

直後、俺自身の歯にガリッと鈍い感触が広がり、咥えていたリッケを思わず放して叫んでしまった。

「硬《か》ってぇぇぇ！　マジで硬《かた》すぎだろ！　どうなってんだその体！　つーかこのスキル、味覚だけじゃなくてこういうのも伝わってくんのかよ！」

痛みや食感、というわけではないが、大トカゲを噛《か》んだ瞬間、まるで味噌汁《みそしる》に入ったシジミの殻《から》を噛んでしまった時のような不快感に似た感覚に襲われた。

今まで《狼の大口《ネメシス・アギト》》を使用して、歯ごたえらしきものを実際に感じたことはなかったが、それだけこの大トカゲの皮膚が硬いということだろう。

それでも、大トカゲの硬さが生み出す不快感を必死で我慢《がまん》しながら、顎《あご》にありったけの力を込め、《狼の大口《ネメシス・アギト》》で敵の肉を食い破ろうと試みた。

だが結局、《狼の大口《ネメシス・アギト》》の牙が鉱石でできた大トカゲの皮膚を貫《つらぬ》くことはできず、そのまま霧《む》散《さん》するように消えてしまった。

くっ！　耐久特化型ってわけか……。

《狼の大口《ネメシス・アギト》》は俺が持ってるスキルの中で最も破壊力《はかいりょく》に長《た》けた攻撃……。それを真っ向から防がれたとなれば……これはちょっと、マズイかもな。

【『鉱殻蜥蜴《ラピス・リザード》』から、《ケダモノの咆哮《ほうこう》》を複製しました】

あ、今の攻撃でも一応スキルは複製できるのか……。

〈新スキル詳細《しょうさい》〉

《ケダモノの咆哮》：咆哮を周囲に拡散して攻撃する。

◇◆◆◇◆◆◇◆◆◇◆◆◇◆◆◇◆◆◇◆◆◇◆◆◇

範囲《はんい》攻撃《こうげき》スキルか……。

エマがいるこの状況では使えないな……。

次の手を考えあぐねている俺に、背中にしがみ付いているエマがボソリと呟《つぶや》く。

「あの大トカゲ……ちょっとおかしい」

思いもしなかったエマの言葉に、俺は眉をひそめた。

「おかしい？」

「……けど、気のせい……かも」

「なにか気づいたのか？　教えてくれ、エマ」

そう催促《さいそく》すると、エマは自信なげに大トカゲを指さし、ぽつりぽつりと言葉を紡《つむ》いだ。

「まず、大トカゲの骨格。あれは上半身と下半身の連動がうまく噛み合ってない。上半身は筋肉質で歯ごたえのある肉質をしてるけど、下半身は脂《あぶら》だらけで、とてもじゃないけど上半身の動きを支えることはできない。そのせいで、尻尾《しっぽ》を振ったあと、後ろ足でうまく踏ん張れなくて、少しよろけてた」

「よろけてた？」

反撃《はんげき》することに気を取られてて気づかなかった……。

だが言われてみるとたしかに、大トカゲの足元に若干滑《じゃっかんすべ》ったような跡《あと》がある。

つーか……肉質？　脂？

エマは続ける。

「……あと、あの鉱石で出来た皮膚。あれは《エメラルド・スネーク》っていうモンスターの鱗《うろこ》にとてもよく似てる。《エメラルド・スネーク》を調理する時は、まずその鱗を剥《は》ぐんだけど、包丁が入る隙間がほとんどなくて大変。だけど、それは鉱石の鱗が蛇《へび》のまっすぐ伸びた体を覆っているからであって、あの大トカゲみたいに手足が生えてると、その限りじゃない」

エマ、お前まさか――

「つまり、あの鉱石でできた皮膚の弱点は、大トカゲの手足の付け根。そこならきっと、難なく包丁が入るはず」

――料理人目線で大トカゲ《あいつ》を見てるのか⁉

第十一話『柴犬と天才料理人』

ひとしきり語り終えたエマは、俺《おれ》の頭の上でトロンと涎《よだれ》を垂らした。

「トカゲ肉……おいしそう……。特にあの、脂ののった下半身……。ジューシー……」

「ちょ、ちょっと！　俺の頭の上で涎を垂らすな！」

「ん。ごめん」

エマは近くにあった俺の耳をつまむと、それで涎を拭《ぬぐ》い去った。

「それ俺の耳！」

「ちょうどいいところにあった」

「そんなちり紙みたいに言われても……」

思いがけないエマの言葉についついあっけにとられていたが、大トカゲが口を閉じ、風船のように上半身を膨《ふく》らませたところで、一気に警戒心《けいかいしん》が跳《は》ね上がり、脳裏にさっきのスキルが思い浮かぶ。

——《ケダモノの咆哮》


「まずい！　範囲攻撃だ！」

転がっていたリッケの襟首を咄嗟に再び咥え、痛む足で後方へと飛び退《の》いた。

大トカゲの口から放たれたのは、耳を劈《つんざ》く咆哮。

全身をびりびりと打ち付けるほどの衝撃。実際、大トカゲの足元にいた数人の冒険者は吹《ふ》き飛ばされてしまうほどだった。

くっ！　そこまでの威力《いりょく》はないが、瀕死《ひんし》の冒険者たちには毒だ！　早いとこケリをつけないと！

だが、さすがにこの折れた足でエマとリッケを守りながらだと……。

と、打開策を探していると、トットット、とどこからともなく軽快な足音が近づいてきて、それは俺の横腹に思いきりぶつかってきた。

「ぐふっ⁉」

突然《とつぜん》の衝撃で喉《のど》から妙《みょう》な声が漏れるも、ぶつかってきたのがレイナであることはなんとか理解できた。

レイナは俺に抱《だ》き着いたまま、顔だけは冷静を装《よそお》って、

「ふぅ。やっと見つけた。無事でなによりよ」

「あぁ、そうか……。とりあえず一旦離《いったんはな》れようか？」

「まぁ、離れるという選択《せんたく》もなきにしもあらず、というところかしら？」

「あれ？　言葉通じてる？」

レイナの周囲には、どうやら『ムーン・シーカー』の他のメンバーはいないようだった。

「レイナ……仲間はどうした？　まさか……」

「大丈夫よ。あの程度のことで手傷を負うほど私たちは弱くないわ。今は手分けして、生き残った冒険者を安全な場所まで運んでいたところよ。……ま、作戦では新種のモンスターと出会ったら、すぐに撤退《てったい》するっていうことになっていたのだけれど、どうもそうはいかなそうね」

レイナはエマとリッケ、それからここに倒れている大勢の冒険者を見て、ここで退《ひ》けば多くの犠牲《ぎせい》が出ることを瞬時《しゅんじ》に悟《さと》ったようだった。

「レイナ。少しの間、エマとリッケを連れてこの場から離れることはできるか？」

「無理ね。私はそこまで筋力に自信がないの。けど、少しの間防御《ぼうぎょ》に専念することならできるわ」

「了解《りょうかい》だ」

俺は背中に乗っているエマに、

「エマ。奴の弱点は手足の付け根、で間違いないな？」

「うん。……たぶん」

「たぶん、か……。ふふっ。十分だ。エマ、少しの間レイナの後ろで待機しててくれ」

エマは心配そうに表情を曇《くも》らせる。

「タロウは……一人で大丈夫？」

「なぁに。心配するな。こう見えても俺は神。犬神フェンリルだ。大トカゲ一匹《ぴき》にやられるもんかよ」

「がんばって、タロウ」

「おう！」

◇　◇　◇

レイナにエマとリッケを任せ、俺は大トカゲに向かって走り出した。

カメレオンのような目がギョロギョロと動き、こちらを捉えると、のっそりとした動きで俺を押しつぶそうと足を踏《ふ》み込んだ。

だが、いくら俺の足が折れて機動力が下がっているといえども、さすがにこんなノロイ攻撃を食《く》らうほどやわではない。

そのまま敵の攻撃をかわし、ちょこまかと動き回りながら、エマの言っていた手足の付け根を注意深く観察する。

青く美しい鉱石の皮膚《ひふ》。それが、大トカゲが俺を踏みつぶそうと動くたび、連動して伸び縮《ちぢ》みする。

そしてちょこまかと逃げ回る俺に苛立《いらだ》ったのか、大トカゲが一層足を大きく振り上げた際、その隙間《すきま》は現れた。

固く閉ざされた鉱石と鉱石の間。そこの皮膚が伸びきった瞬間《しゅんかん》、ほんのわずかに根元の柔《やわ》い皮膚が露出《ろしゅつ》したのだ。

《狼の大口《ネメシス・アギト》》では周りの鉱石が邪魔《じゃま》になって根元に攻撃できない。

だったら！　直接！

後ろ足で地面を蹴り、弾丸《だんがん》のようにまっすぐ、エマが見つけたたった一つの隙間へと飛び込み、ありったけの魔力を振り絞った。

神鬼《しんき》から奪《うば》った神格スキル……使わせてもらうぞ！

「《魂を喰らう者《ケイオス・イーター》》！」


俺の牙に魔力が集中し、ギラリと赤く鈍《にぶ》い光を放つ。

そしてその牙は、鉱石の根元、柔い皮膚が露出した場所を的確に捉《とら》え、大トカゲの肉を引きちぎった。

鉱石のような外皮に比べ、根元の皮膚は段違《だんちが》いに柔く、その傷は大トカゲの体に、まるで亀裂《きれつ》が走ったように真っすぐに広がっていった。

「ギイイイイイ！」

大トカゲから、苦悶《くもん》の声が上がる。

そして、たった今喰らった大トカゲの肉が《魂を喰らう者《ケイオス・イーター》》の効果でエネルギーへと変《へん》換《かん》され、折れていた前足の骨を即座《そくざ》に癒《いや》した。

「おぉ！　治った！　やっぱ回復スキルって便利だなぁ！　……このスキルのこと、ソフィアには内緒《ないしょ》にしておこうっと。また拗《す》ねられても厄介《やっかい》だしな」

それにしても……。

と、改めて傷を負った大トカゲを観察した。

その体には、たった今俺が引き裂《さ》いた痛々しい傷から、だくだくと緑色の体液が流れている。

弱点を突《つ》いたといっても、あまりにも柔すぎないか……？

引き裂いた感触《かんしょく》すらほとんどなかったぞ？

それなのに、このダメージ……。

どうにも喉に引っかかるような妙な違和感《いわかん》を覚えた。

大トカゲは大怪我《おおけが》を負っていながらも、まだ戦意を喪失《そうしつ》していないらしく、先ほどと同様、口を閉じ、上半身を風船のように膨らませ始めた。

これは、さっき見た咆哮の前動作！

「させるかぁ！　《瞬光》！」

ボッ、速度が急上昇《きゅうじょうしょう》し、体全体が炎《ほのお》に包まれながら大トカゲの顎めがけて突進《とっしん》する。

そして、ちょうど大トカゲが口を開き、広範囲《こうはんい》へ咆哮を轟《とどろ》かせようとしたところを、下から思いきり顎に体当たりをかまし、咆哮の衝撃をすべて口の中へと押し戻《もど》した。

直後、ボンッ、と破裂音《はれつおん》が響《ひび》くと、それまで風船のように膨らんでいた大トカゲの上半身は、俺がつけた傷から広がるように無残に弾《はじ》け飛び、その巨体《きょたい》は今にも倒れてしまいそうなほど、ヨロヨロと足元もおぼつかなくなっていた。

致命傷《ちめいしょう》、だな。

勝利を確信した直後だった。

足元に広がる大トカゲの体液がわずかな波紋《はもん》を打ったかと思うと、そこから次々と紫《むらさき》色《いろ》の触手《しょくしゅ》が伸び、俺の体へと近づいてくる。

「なっ――!?」

予想外の攻撃に、慌てて後方へ飛び退くもすでに遅《おそ》く、二本の触手は俺の体を深々と貫いた。

「がはっ！」

鋭い痛みに悶《もだ》えている余裕《よゆう》もなく、突き刺《さ》さった二本の触手を噛み切り、もつれる足で距離《きょり》を取った。

「はぁはぁ……。なんだ!?　触手!?　新手か!?」

事前に聞かされていた、カルシュの言葉を思い出す。

『次に二体目、体中の至る所から触手を生やし、それをムチのようにしならせ、尋常《じんじょう》ならざる速度で攻撃を放つ』

想定するべきだった……。

ここに新種のモンスターが一体いるということは、残りの二体もどこかに潜伏《せんぷく》している
という可能性を！

第十二話『柴犬と新種』

くそっ！　いったいどこに隠《かく》れて……ん？

残りの二体がどこかにいる。そう考えた俺の予想は外れていた。

目の前には、緑色の体液に塗《まみ》れた大トカゲ。あろうことか、触手はその全身から伸びていて、さっきまではなかったはずの鳥のような翼《つばさ》までが生えそろっていた。

「そうか……。新種のモンスターってのは、最初から一体しかいなかったのか……。そのたった一体が、三体分の能力を持ってるってわけか……」

状況を理解した俺の横を、猛《もう》スピードで触手の束が過ぎ去った。

まずい！　その方向は、エマたちが――

咄嗟《とっさ》に《瞬光《しゅんこう》》で距離を縮めようと身構えたが、それをすんでのところで停止させた。

なぜなら、猛スピードで伸びた触手を目の前に、レイナが腰《こし》にさげた剣《けん》に手を添《そ》えていたからだ。

「消し炭にしなさい。《炎々の秩序《イグニス・オーダー》》！」

直後、レイナの手によって鞘《さや》から引き抜《ぬ》かれた刀身は、まるで炎のように揺《ゆ》らめいていて、そこから発する熱は周囲の景色をも歪《ゆが》ませた。

炎の剣が弧《こ》を描《えが》くように下から上へと振り上げられると、レイナたちに伸びてきた触手はそれに触《ふ》れる間もなく、ジュッ、と一瞬《いっしゅん》で消し炭になって消失してしまった。

レイナは再び炎の刀身を鞘に納めると、真剣《しんけん》な眼差《まなざ》しでキッと敵を睨《にら》みつける。

「心配しなくて大丈夫《だいじょうぶ》よ、タロウ。私はそんなに弱くないわ」

「そ、そうみたい、だな……」

炎の剣……あれも魔《ま》法《ほう》の一種なのか？

にしてもすごい威力だ……。

クールぶったり、わしゃわしゃしてきたり、急に真面目《まじめ》になったり、正直よくわからん奴だが……仲間を預けられるほど頼《たよ》りになるってことはたしかみたいだな。

だったら俺は、大トカゲ《あいつ》一体に集中できるってわけだ。

触手につけられた体の傷が深い……だが！

止めどなく伸びてくる触手に、俺は怯《ひる》むことなく飛び込んでいった。

「《魂を喰らう者《ケイオス・イーター》》！」

魔力《まりょく》が集中し、赤く染まった牙が、伸びてきた触手をそのまま食いちぎった。

すると、さっき触手に空けられた体の穴がみるみるふさがっていく。

「やっぱりな……。この触手、速さだけで硬さは大したことないみたいだ。であれば、《魂を喰らう者《ケイオス・イーター》》で捕捉《ほそく》さえできれば、こうやって簡単に傷を癒すことができるってわけだ」

だけど……なんだ？　この違和感は？

大トカゲの体から次々と伸びてくる触手。

だが、それらの触手はあれだけ硬かった鉱石でできた外皮を押しのけ、内側から生えている。

あれじゃ、せっかくの鉱石の鎧《よろい》も意味をなさなくなる……。

あの触手は元々、深手を負った時のような緊急《きんきゅう》事態を想定した能力なのか？

であれば、防御力《ぼうぎょりょく》を捨てて触手に頼るのもわかる……。

だがカルシュから聞いた話では、鉱石の鎧を持つモンスターと、触手を操《あやつ》るモンスターは別種として認識《にんしき》されていた。もしも触手が緊急事態にのみ発動する能力であれば、別種としてではなく、鉱石の鎧を持つモンスターの攻撃手段の一つとして情報が届いていなければおかしい。

つまり目の前にいる大トカゲは、大した傷を負っていないにもかかわらず、最大の長所である鉱石の鎧を捨て、冒険者《ぼうけんしゃ》に対して触手で攻撃したということ……。

この触手は確かに速いが……さっきまでの鉱石の鎧に比べれば明らかに一段落ちる。

他の冒険者であってもその認識に差異はないはずだ……。

大トカゲの生態に違和感を覚えていると、レイナの背後に隠れていたエマが、こちらに向かって声を伸ばした。

「タロウ！　あの翼おかしい！」

「おかしい？　どういう意味だ？」

「あれは《ホウロウチョウ》っていうモンスターの翼によく似てるけど、あの大きさだと、大トカゲの体を一瞬《いっしゅん》浮かせるだけで精一杯《せいいっぱい》のはず！　だから飛べない！　飛べるようにできてない！」

飛べない翼……？

そうか。奴が石橋を壊《こわ》したり、突然激しい振動《しんどう》と一緒《いっしょ》に霧《きり》の中で接近したりできたのは、あの翼を使ってジャンプしてきたってわけか。

だが、それ以上に気になるのは……。

「エマ。そういえば最初、あのモンスターの鉱石の皮膚が《エメラルド・スネーク》に似てるって言ってたよな？　それで、あの翼は《ホウロウチョウ》にそっくり……。だとすると、あっちの触手も他のモンスターと似てたりするのか？」

「うん。《ダイナモス》っていう、食用に使われる植物があれと似たような触手を持ってる。大きさはもっと小さいし、数も一本しか生えてないけど……」

「やっぱりそうか」

　複数のモンスターの特徴《とくちょう》を持った大トカゲ……。

　まるで──

──誰かが意図的に生み出したような……。

　その推測の答えを手に入れるよりも先に、大トカゲはその巨大な翼を大きくうねらせ、地面を蹴《け》り、こちらに向かって一気に接近した。

「無駄《むだ》だ。そんなチグハグな姿になった今のお前じゃ、もう俺の敵じゃない。《狼の大口《ネメシス・アギト》》！」

　決死の体当たりをしかけた大トカゲだったが、体中から生えた触手によって鉱石の皮膚は剥がれ落ち、途中《とちゅう》で軌道《きどう》も変えることができないような翼では、《狼の大口《ネメシス・アギト》》を避けることもできず、まんまと飛び込んできた大トカゲは、フェンリルの大口に頭からかじられ、そのまま肉塊《にっかい》となって絶命した。

うっ……。あいかわらずマズイ……。

慣れないなぁ、この感覚……。

大トカゲが完全に沈黙《ちんもく》したのを確認《かくにん》して、レイナもエマを連れてこちらへ歩み寄った。

「噂《うわさ》には聞いてたけど……。タロウ、あなた本当にフェンリルなのね……。そんなにかわいいくせに……」

「ふん。かわいいは余計だ」

エマは大トカゲの死体の肉をまじまじと見つめて、

「やっぱり……脂肪《しぼう》や筋肉のつき方もおかしい。これできちんと動けていたのが不思議」

「どうにもきな臭《くさ》いな。だが、今回はほんとエマに助けられたな。まさか料理人のスキルでモンスターの体の構造を見抜《みぬ》くとは」

「ふふん。ボクにかかればどんなモンスターもまな板の上のリトルスライムだよ」

え？　スライムも食うの？

それほんとにことわざ？

「……ま、あのモンスターについてはあとでソフィアに確かめてみるとして、今はさっさと上に戻る方法を探《さぐ》ろう」

俺の提案に、レイナが霧の奥《おく》を指さした。

「それなら平気よ。ここへ来る前、上に続いてる階段を見つけたから。おそらく地上まで続いているはずよ」

「おぉ！　でかしたレイナ！」

「お礼はタロウ三十秒抱っこでいいわ」

「台無しだよ！」

第十三話『柴犬《しばいぬ》と合流』

「タロウ様！　よくぞご無事で――あぁ！　なんでレイナさんに抱っこされてるんですか！　ズルいですよ！　私も抱っこさせてください！」

その後、レイナの案内で地上へ続く階段を上がり、どうにか上で俺たちの救出準備を整えていたソフィアやツカサたちと合流できた。

それから、地上に残っていたらしいカルシュの指示で、騎士団《きしだん》や無傷の冒険者たちが次々と谷底へと向かい、怪我《けが》をしている冒険者たちや、放心状態のリッケを助け出した。

俺たちも手伝って崖下《がけした》の冒険者たちを一通り手当てすると、ツカサとソフィアにもさっきの敵との戦闘《せんとう》について詳《くわ》しく説明した。

話を聞き終えたツカサは顎に手を当てて眉《まゆ》をひそめる。

「他のモンスターの特徴を複数持ったモンスター……か。うぅむ……。あたしには見当もつかないな。……にしても、まさかエマがモンスターの弱点を見抜くとはな。やるじゃないか」

ツカサに褒《ほ》められたエマは、えっへん、と小さな胸を張って偉《えら》そうにふんぞり返った。

ソフィアにも改めてたずねる。

「もしかしたら他の唯一神候補《ゆいいつしん》の仕業《しわざ》じゃないかと思うんだが、そんな能力を持った奴を知らないか？」

「いいえ。聞いたことありませんね……。よほどマイナーな神か、それともまったく別の存在かもしれません……」

ソフィアも知らないってことは、もしかしたら唯一神候補と今回の大トカゲとは、なんのかかわりもなかったのかもしれないな……。

だが、だったらあの大トカゲは何者だったんだ？

本当にただの新種だったのか？

疑問に答えが出ないまま悶々《もんもん》としていると、ところで、とエマがレイナにたずねた。

「レイナちゃんはどうして助かった？　タロウみたいに、岩壁《がんぺき》を伝って下りた？」

「いいえ、そんなことしてないわよ。うちはペティががんばってくれたから」

「ペティ？」

レイナはさも当然のように、少し遠くで休憩《きゅうけい》している『ムーン・シーカー』のメンバーを指さした。

「あの全身に鎧を身に着けてる子がペティ。あの子が他のメンバー全員を抱《かか》えてそのまま着地したの。いやぁ、力持ちが一人メンバーにいるととても助かるわ」

レイナの説明に、黙《だま》っていられず思わず口をはさむ。

「全員を抱えて着地って……。あの鎧の中、ほんとに人間か？」

「当たり前でしょ。ただのかわいい女の子よ」

「ただの……ではないだろ、絶対……」

けど、他の冒険者だってあの高さから落っこちて生きてたりするわけだし、俺が持ってる常識で考える方がおかしいのかもしれないな……。

異世界、恐《おそ》るべし……。


「おい！　誰《だれ》か治癒《ちゆ》薬を持ってないか⁉　な、仲間が死にそうなんだ！」


突然聞こえてきた大声。そこには一人の冒険者と、その背中で青ざめた顔をした冒険者がいた。

背負われている冒険者は一目でわかるほど大きな怪我を負っていて、すでに瞳《ひとみ》からは色が失われつつあった。

レイナが悲しそうにつぶやく。

「かわいそうに……。もう、助からないわね……」

他の冒険者たちも、口々に、

「治癒薬って……そんな高価な薬持ってる奴《やつ》なんかいねぇよ」

「たとえ持ってたとしても、それを他人にあげるなんて……なぁ？」

「あれはもうだめね……」

と、誰もがあきらめた雰囲気《ふんいき》の中、ソフィアだけが勇んで走り出し、助けを乞《こ》う冒険者のもとへ歩み寄った。

「私が助けます。背負っている方を地面へ寝《ね》かしてください！」

それまでボロボロになって、助けを乞うだけだった冒険者の目にわずかな希望の光が宿る。

「ほ、本当か⁉　治癒薬を譲《ゆず》ってくれるのか⁉」

「いえ、治癒薬は持ってません」

「だ、だったら……どうやって……」

「いいから急いで！」

ソフィアの勢いに気圧《けお》されつつ、冒険者は背負っている怪我人《けがにん》をそっと仰《あお》向《む》けに横たえた。

怪我をしている冒険者の胸の前に、両手を添えるソフィア。

その様子に、ツカサが俺に小声で話しかける。

「いいのか？　前にも言ったが、あの魔法はほんとに希少なんだ。できるなら、他の冒険者には知られない方がいい」

「合理的に考えればツカサの言うとおりだろう。……けど、どうするか判断するのはソフィアだ。俺は、その意志を尊重したい」

「ふっ。そうだな。悪い。今言ったことは忘れてくれ」

人目など一切《いっさい》気にせず、ソフィアが両手に魔力を込《こ》めると、そこから柔らかな光が放たれた。

「《完全治癒《イモルテル》》！」

横たわった冒険者の怪我は、その光にさらされると瞬《また》く間《ま》に塞《ふさ》がり、光が止《や》んだ頃《ころ》には穏《おだ》やかな寝《ね》息《いき》を立てていた。

その穏やかになった冒険者の様子に、それまで必死に助けを求めていた男はボロボロと涙《なみだ》をこぼす。

「あ、ありがとう！　ありがとう！　こいつは俺の唯一無二《ゆいいつむに》の親友なんだ！　この恩は何があっても忘れねぇ！　本当に、ありがとう！」

その光景を目撃《もくげき》した周囲の冒険者とともに、レイナが目を白黒させている。

「あれはまさか……治癒魔法《ちゆまほう》⁉」

驚《おどろ》いているレイナを他所《よそ》に、ソフィアは周囲に向かって声を伸《の》ばした。

「他にもあと二人までなら治癒が可能です！　もしも重傷を負っている方がいれば教えてください！」

ざわつく冒険者たちの中、仲間たちに指示を出していたカルシュもさすがに驚いたような表情を浮《う》かべていたが、すぐに平静を装い、ソフィアのもとへやってきた。

「いやぁ……まさか治癒魔法を使える冒険者がこんなところにいるんなんて……。たしか、ソフィアくん、だったかな？　どうかな？　うちの騎士団に入団してみる気はない？　報《ほう》酬《しゅう》は約束するよ？」

なに勧誘《かんゆう》してんだ、あいつ！

だが、ソフィアはきっぱりと答える。

「いえ、私にはタロウ様にお仕えするという大切な使命があります。なので騎士団に所属することはできません」

「そっか……。それは残念……」

カルシュはそんな本気か嘘《うそ》かもわからない提案をしたあと、俺の方へ近寄ってきた。

「崖下で新種のモンスターの死体を発見した。見事に討伐《とうばつ》したようだね、タロウくん。正直、俺は君をなめてた。その見た目に騙《だま》されていた。しかし、認識を改めよう。君は強い」

「そんなごますったって、ソフィアもツカサもやらんぞ。二人は大事な仲間だからな」

「ふっ。お見通しか」

カルシュはツカサを一瞥《いちべつ》し、

「本来であれば、クエストの合間を見てツカサくんを引き抜く手立てがないか探ろうと思っていたんだが、どうやらその時間はないようだ。これから怪我をした冒険者たちを町に送り、あの死体もきちんと調査しなくてはいけないからね」

ツカサが吐《は》き捨てるように言う。

「あたしは二度と、お前と一緒に働く気はない」

「つれないなぁ……。まぁいい。報酬は冒険者ギルドを通して支《し》払《はら》っておく。もちろん、君たちには功績に見合ったそれなりの額を上乗せするよ」

「報酬を上乗せするなら『ムーン・シーカー』にも多く振《ふ》り込んどけ。レイナたちがいなければもっと多くの犠牲者《ぎせいしゃ》が出ていただろうしな」

「君がそう言うならそうしよう。では」

慌《あわ》ただしく騎士団連中のもとへ戻るカルシュ。

それと入れ替《か》わりに、崖下から続く階段がある方向から声が飛んできた。

「あぁ！　皆《みな》さんここにいたんですね！　それにツカサ様も！　またお会いできて自分は感無量っす！」

声の主は、俺たちの馬車の御者《ぎよしや》をしていたミリルだった。

その姿を見つけたツカサが驚いたように目を見開く。

「ミリル！　生きてたのか！　お前今までどこにいたんだ？」

「いやぁ、それが……橋が崩《くず》れたあとの記憶《きおく》がなくてですね……。気づいたら崖下に倒《たお》れてて、今ここまで戻ってきたところっす。あはは……」

てっきりミリルはツカサたちと一緒に地上に残れたのだと思っていたが、どうやら俺たちと同じく崖下に落っこちていたらしい。

だが、見たところ大きな怪我はないようだ。

「ミリルも俺たちと一緒に下まで落ちてたってことか。いったいどうやって無傷で着地したんだ？　気を失ってたのに受け身でも取ったのか？」

「なんかふわっとした感覚があってー……それからは……う～ん……」

「よく覚えてないと……？」

「ま、そういうことっすね！　あはは！」

……とりあえず生きててよかった、と思うことにしておこう。

エマが思い出したように背負っていたリュックをガサゴソとあさり始める。

「そうだ。ソフィアちゃんにお土産《みやげ》」

「私にお土産、ですか？」

「うん。はい、これ」

そう言って、リッケから渡《わた》された魔導書《まどうしょ》を見せると、ソフィアは興奮したようにそれを手に取った。

「おぉ！　これはあの魔導書ではないですか！『夕暮れの盃《さかずき》』のメンバーがほとんど死んでしまったと聞かされた時はさすがに魔導書の話は持ち出せなかったんですが……。エマさん。あなたはいい仕事をしました！」

「えへへ。今日はたくさん褒められる」

「さぁ、みなさん！　急いで町に帰りますよ！　そして私はまた新たにこの魔導書を解読し、『フェンリル教団』の力を底上げするのです！」

と、いうわけで、俺たちは今回の大規模クエストの戦利品として、色のついた報酬と、一冊の魔導書を手に入れることに成功した。

第十四話『柴犬ともう一つの報酬』

馬車でヴォルグの町まで戻ると、無事冒険者ギルドから報酬を受け取った。

報酬はカルシュの宣言通り、当初予定したよりも遥《はる》かに高額で、それを資金として俺《おれ》たちはもうしばらくここヴォルグに残り、例の歪《いびつ》な大トカゲについての手がかりがないかを調査することにした。

ソフィアは魔導書の解読、エマは料理の研究という名目の食い倒《だお》れで忙《いそが》しく、ツカサを引き連れて情報収集をすることとなった。

『暁《あかつき》の皿　ヴォルグ店』の扉《とびら》を開きながら、ツカサは不安そうに告げる。

「しかし、あたしが一緒だと逆に情報が集めにくくはならないか？」

「噂だけを信じて本質を見ようとしない奴の情報なんてあてにならん」

「ふむ……。まぁ、タロウがそう言うなら構わないが……」

『暁の皿　ヴォルグ店』に入室すると同時に、ツカサを目にした数名の冒険者ははっと目を丸くし、目立たないようにこそこそと隅《すみ》っこに隠れてしまった。

同時に、いつもの不愛想《ぶあいそう》なバーテンダーが颯爽《さっそう》と姿を現したかと思うと、手慣れた手つきで俺を柱に紐《ひも》でくくり、椅子《いす》の上に専用のクッションを置いてくれた。

ここまでくるともてなされているような気さえしてくるから不思議だ……。

席につくと、他の冒険者がこちらを盗《ぬす》み見てひそひそと話しているのが聞こえてくる。

「おい。あの犬だろ？　例の新種を討伐したとかいうの」

「らしいな……。今一つ信じられんが……」

「元副騎士団長も同じパーティーらしいし、なんか汚《きたな》い手でも使ったんじゃないのか？」

ツカサの陰口《かげぐち》を言っているのがわかり、ギロリとそちらを睨むと、それまで噂話《うわさばなし》をしていた冒険者たちはすぐに静かになった。

「ったく。ほんとにこの町には根も葉もない噂を信じる奴が多いな」

バーテンダーが差し出した飲み物に口をつけつつ、ツカサはボソリとこぼす。

「根も葉もない……というわけではないぞ」

「ん？　どういう意味だ？」

「タロウも昨日見たろ？　馬車での道中に行われていた蟲葬《ちゅうそう》を」

ツカサの言葉で、虫に食べられる遺体の横で、悲しそうに涙を流している親族たちの姿を思い出した。

「あぁ……。それと騎士団の黒い噂と、なにか関係があるのか？」

「あれは……おそらくカルシュの差し金で、わざと蟲葬の横を通り過ぎるルートを選択《せんたく》したんだと思う」

「わざと……？　なんの目的で？」

「悲嘆《ひたん》にくれてる新種の犠牲者を目の当《ま》たりにさせることで、クエストに挑《いど》む冒険者たちのやる気を引き出し、少しでも成功率を高めるため、だろうな。カルシュは平然とそういう行為《こうい》を選択する。無慈悲《むじひ》に、合理的、効率的に。そういう男だ」

「…………」

まるでツカサは、自分自身を責めるようにそう言った。

そしてツカサは、言いづらそうにポツリポツリと語り始める。

「あたしがあの騎士団で働いていたある日、あいつは、ある家族を皆殺《みなごろ》しにした」

皆殺し、という物騒《ぶっそう》な単語に、思わず身構えた。

「殺した、だと？」

「うむ。殺されたのは、腕《うで》の立つ若い商人の父親と、優《やさ》しそうに笑うおっとりした感じの母親。それから、母親に目元がそっくりな、まだ六歳《さい》の娘《むすめ》だった。……あたしは騎士団から、その家族を保護するように指示を受け、騎士団が使っている施設《しせつ》で家族を匿《かくま》っていた。手荒《てあら》なことはしていない。保護が目的だと説得し、身の安全は保障すると約束して同意のもと連れて行ったんだ」

ツカサは、悔《くや》しそうに唇《くちびる》を噛《か》んで続ける。

「しばらくあたしはその家族と一緒に暮らしていた。その家族が何者かに命を狙《ねら》われていると聞かされていたからだ。……娘のエリシャはあたしによく懐《なつ》いてくれてな。こっそり施設を抜けだしたと思ったら、花飾《かざ》りを作ってあたしにプレゼントしてくれたこともあった」

ツカサにとって、いつしかその家族はとても大切な存在になっていたのだろう。

「そんなある日だった……。カルシュから、安全が確保されたので家族を元の家に帰すと申し出があった。後《うし》ろ髪《がみ》を引かれる思いだったが、元の生活に戻れるのであればそれにこしたことはない。あたしはカルシュの言葉通り、家族を元住んでいた家まで送り届け、エリシャに別れを告げてその場を去った。……今でも、別《わか》れ際《ぎわ》のエリシャの泣き顔を思い出す。また会えるから泣くな、そう言った自分の言葉の薄《うす》っぺらさに、ほとほと愛想が尽《つ》きる」

ツカサは目を逸《そ》らさずに言った。

「その日の晩、騎士団の施設にエリシャの髪飾《かみかざ》りが忘れてあるのを見つけた。別れたばかりですぐに顔を合わせるのもいかがなものかと思ったが、あたしはその髪飾りを届けに行った。……いや、単にあたしがエリシャの顔を見たかったんだ。……そこで、エリシャたちが住む家の一室、窓から覗《のぞ》く中の明かりが、真っ赤にゆらゆらと揺れているのを見つけたんだ。……胸騒《むなさわ》ぎがして飛び込んでみると、そこにはカルシュと数名の騎士団員が立っていた」

その先の展開に、思わず胸が苦しくなった。

「カルシュの足元には……絶命し、火を放たれたばかりの三人の死体があった」

残酷《ざんこく》な光景が、脳裏《のうり》に浮かぶ。

だがきっと、その時のツカサに芽生えたであろう煮《に》えたぎる感情を、俺はほんの少しも想像できてはいないのだろう。

「カルシュはそれを、必要なことだったと言った。いつも正義を振りかざすその口で。……詳しいことは知らないが、その家族の父親が腕の立つ商人だったのが原因だったのだろう。

きっと、どこぞの貴族がキレイごとを並べて、騎士団を差し向けたに違《ちが》いない。……それまでにも騎士団の悪い噂は耳に入っていたが、どれもただの噂だと一笑《いっしょう》に付していた。

……だが、その噂はどれも、本当のことだった」

ツカサの話を聞き終えると、言うべきか悩《なや》んだが、結局疑問をぶつけることにした。

「ツカサは、カルシュに復讐《ふくしゅう》しようとは思わなかったのか？」

「思わなかった……と言えば嘘になるな。……だが、奴を殺そうとすると、何故《なぜ》か必ずエリシャの顔が浮かぶんだ。……どうしてだろうな？」

きっと、ツカサは心の奥底《おくそこ》で理解しているのだろう。

殺されたエリシャは、決して復讐なんて望んでいないのだと。

「余計なことを聞いたな。忘れてくれ」

「ははっ。気にするな、当然の疑問だ。だが、あたしはあの頃よりもずっと強くなった。

……もう、大事なものを、何も失わないために」

「そうだ。それでこそ、『フェンリル教団』のメンバーだ」

ツカサは、ふっ、と小さく笑うと、こう言って話をしめくくった。

「あたしは心強い仲間がいてくれて嬉《うれ》しいよ」

ツカサがカルシュを敵視している理由がよくわかった。

そして、この町が騎士団を嫌悪《けんお》している理由も。

だからこそ、副騎士団長という立場で所属していたツカサを、他の騎士団員と同じようにみなし、嫌悪しているのだろう。

……ふざけんじゃねぇ。

ツカサが何をした。

ツカサはただ、家族を守りたかっただけじゃねぇか……。

沸々《ふつふつ》と湧《わ》き上がる怒《いか》りの感情を誰に向けていいのかもわからないでいると、不意にバーテンダーが俺の目の前に一つの小包を置いた。

そこそこの大きさがあって、カウンターに置かれると複数の金属が擦《こす》れるような音がした。

「ん？　なんだこれ？　またサービスか？」

「いいや。それはあんた宛《あ》ての荷物だ。ちょうど少し前、入れ違いでお客が来てね。あんたが来たら渡してくれって頼《たの》まれたんだ。うちは荷物の宅配なんかもしてるからね」

「へぇ。……で？　中身はなんだ？　ツカサ、開けてくれ」

「わかった」

ツカサが小包を開くと、中にはたくさんの古びた道具が入っていた。

刃先《はさき》の欠けたナイフ。アンティークなブローチ。毛皮を縫《ぬ》い合わせたボール。折れた杖《つえ》の持ち手。汚《よご》れた靴紐《くつひも》。その他にも、そういう古めかしいものがたくさんある。

「なんだこれ？　どれもそれなりに使われた形跡《けいせき》があるものばかりだが……」

その中から、ツカサは毛皮で作られたボールを大事そうに手に取ると、

「これは……『還《かえ》りの証《あかし》』だ」

「『還りの証』？」

「うむ。蟲葬の風習がある地域では、他者に一方的に命を奪《うば》われ、恨《うら》みや悔《く》いを持った犠牲者たちは、その念が晴れるまで、黄泉《よみ》の国にはいけず、亡者《もうじゃ》としてこの世を彷徨《さまよ》い続けてしまうと信じられている。だが犠牲者の復讐が完了《かんりょう》すれば、その魂《たましい》は浄化《じょうか》され、黄泉の国へと還ることができる。その際、復讐を代行してくれた者がいれば、最大限の敬意と感謝を示すため、犠牲者が生前、最も大切にしていたものを贈るんだ」

「それが『還りの証』……。つまりこれは全部、あの大トカゲに殺された人たちの……」

「だろうな」

ツカサは、おそらく子供が遊んでいたであろうボールを、悲しそうな目をしてカウンターへ置いた。

バーテンダーは続ける。

「それをここに持ってきた人たちは、『イサイの民《たみ》』って呼ばれる、ずっと昔からいる少数民族で、他民族とかかわることはおろか、姿を現すことも滅多《めった》にない。そんな彼《かれ》らが私に荷物を預けたのは、ここに来れば確実にあんたに荷物を届けられるとどこかで聞いたからだろうね」

「そうか……。なら、大事にしないとな」

「あぁ。それがいい」

第十五話『柴犬と取引』

受け取った『還りの証』を《影箱《かげばこ》》にしまい、改めてバーテンダーに、新種に関する情報がないかを聞いてみたが、ふるふると首を横に振られてしまった。

他にも誰か詳しそうな冒険者がいないかと酒場を見渡《みわた》してみたが、誰もこちらと目を合わせようとすらしなかった。

最初からお前らに聞く気なんかねぇよ。

噂なんかに惑《まど》わされない、もっときちんとした情報を持ってそうな奴は……。

と、酒場の客を目で物色していると、思いがけず声をかけられた。

「おやっ！　タロウさんじゃないか！　ちょうどいいところに！」

声がした方に視線を向けると、へらへらとした線の細い優男《やさおとこ》が立っている。

誰あろうその男は、『プライメント商会』の団長で、以前俺が拾った『ハレルヤ草』と霊泉《れいせん》を交換《こうかん》した人物だった。

「おう、ヘイトス。久しぶりだな。お前もこっちに――」

「そんなことより！」

会話を遮《さえぎ》り、ヘイトスは俺の両手をぐいっと掴《つか》むと、今にも泣きだしそうな表情を浮かべた。

「どうしてあの土地に霊泉が眠《ねむ》っていると教えてくれなかったんだよぉ！　おかげでボクは、あのあと仲間にこっぴどく絞《しぼ》られたんだからぁ！」

そういや、ヘイトスはあの土地の価値を理解してなくて、あっさり『ハレルヤ草』と交換したんだったな……。

「い、いやいや、それはきちんと土地を調査してなかったお前の責任だろ。俺に言われても――」

「わかってる！　わかってるけど、そんな簡単に納得《なっとく》なんてできないよぉ！」

「ま、まぁいいじゃないか。『ハレルヤ草』は手に入ったんだし……」

ヘイトスは、はぁ、と深いため息をつくと、少し落ち着いたのか、俺の手を放し、横の席に腰《こし》を下ろした。

「それがねぇ……。『ハレルヤ草』の買い手が見つかったから、ここからもう一つとなりの町まで行きたいんだけど、なんか変な輩《やから》に目をつけられてて困ってるんだ……」

「変な輩？」

「『愚者《ぐしゃ》の蹄《ひづめ》』って犯罪組織、聞いたことある？」

「『愚者の蹄』？」

以前ツカサから聞いた覚えがあるな。

たしか、体に蹄鉄《ていてつ》の入《い》れ墨《ずみ》を入れてる武闘派《ぶとうは》の犯罪組織だとか……。

前に戦ったセバルティアンも『愚者の蹄』に所属してたんだったか？

「聞いたことはあるが……。なんでそんな奴らに目をつけられてるんだ？」

「『ハレルヤ草』っていうのはそれくらい価値のあるアイテムなんだ。……ま、霊泉には及《およ》ばないけど」

「そんな目で見ても霊泉は返さんぞ？」

ヘイトスはまた深いため息を吐いて続ける。

「商人として、一度交《か》わした取引を蒸《む》し返すようなことはしないよ。……うん。しないよ……。だってボクは一流の商人だから……うん……」

自分に言い聞かせてる……。

ヘイトスはそうぼやいたあと、ぴしっと人差し指を立てて、

「蒸し返しはしないけど、一つ新しい取引をしようじゃないか」

「新しい取引？　内容は？」

「今言った通り、ボクはとなり町まで『ハレルヤ草』を届けたい。だけど、きっとその道中で『愚者の蹄』の連中が妨害《ぼうがい》工作をしてくるに違いない。現にここへたどり着く前にも何度も危ない目に遭《あ》ってね。護衛を頼んでいた冒険者《ぼうけんしゃ》は尻尾《しっぽ》を巻いて逃《に》げちゃって、ボクは今とても困っているんだ」

「なるほどな。それでとなり町まで『ハレルヤ草』を運ぶ護衛をしてほしいと」

「その通り！」

「で？　俺たちの報酬は？　金なら今はいらんぞ？　昨日の大規模クエストの報酬がまだたんまり残ってるからな」

「あはは。タロウさん。一流の商人っていうのはね、交渉《こうしょう》相手がその時一番欲《ほっ》しているものを常に把握《はあく》しているものなんだよ」

「ほぉ、つまり？」

ヘイトスは自信満々に告げる。

「君たちが今探している、例の大規模クエストで討伐された新種モンスターについての情報を提供する、というのはどうだい？」

ヘイトスの発言に、俺とツカサは一瞬《いっしゅん》お互《たが》いの顔を見やった。

どうして俺たちがその情報を探しているると知っているんだ？　と聞く前に、ヘイトスは
「ちなみに情報源については企業秘密《きぎょう》だよ」と釘《くぎ》を刺《さ》してきた。

ま、俺たちがわざわざリラボルの町からここへ来て、その目的が例の新種モンスターの討伐だと知れば、ヘイトスが推測を立てるのは容易《たやす》い。

問題はそのあとだ。

「つまりヘイトスは例の新種について、俺たちが知らない情報を知ってるってことか？」

「そうだよ。もう少しサービスすると、今回の件で裏から糸を引いているかもしれない、唯一神候補に心当たりがある、と言った方が早いかな」

「唯一神候補⁉　やっぱりかかわりがあるのか⁉」

「確証があるわけではないけれど、ほぼほぼボクの見立てで間違《まち》いないと思うよ。今言えるのはこれくらい。情報というのは時に、どんな宝石よりも高値がつくこともあるからね」

ツカサを一瞥すると、俺の言いたいことを察したのか、こくりと小さく頷《うなず》いた。

それからもう一度ヘイトスに向き直り、返答する。

「よし。取引成立だ。となり町まで、俺とツカサでヘイトスの身の安全を守る。その報酬として、ヘイトスからはその唯一神候補の情報を渡してもらう。それでいいな？」

「もちろん。交渉成立だね」

ヘイトス曰《いわ》く、ヘイトスが持っている情報の唯一神候補が、必ずしも今回の事件を裏から糸を引いているという確証はないらしい。

だが、俺はヘイトスの情報網《じょうほうもう》には一目置いている。そうそう見当違《けんとうちが》いな答えが返ってくることもあるまい。

ヘイトスは席を立つと、

「よし。じゃあ善は急げだ。今すぐ馬車を用意し、となり町『グラント』へ向かう。タロウさんたちも、準備はいいかな？」

「おう！」

「うむ。無論だ」

こうして、俺たちはヘイトスの護衛任務をこなすこととなった。

第十六話『柴犬《しばいぬ》と護衛任務』

ヴォルグの町中。

ヘイトスに連れられて歩いていると、ここに来たばかりの時とは明らかに様子が違っているのに気が付いた。

というのも、俺たちがここに来たばかりの時は、新種のモンスターの影響《えいきょう》で仕入れが行えない店が多く、閉店している店舗《てんぽ》が軒《のき》を連ねていたのだが、今はちらほらと開店している店も増え、冒険者以外の人たちもそれなりに歩き回っている。

大規模クエストが終わって荒《あら》くれ者の冒険者たちの数も減ったし、治安がよくなって活気が戻《もど》ってきたんだな。

そんな町並みをしげしげと見つめながらヘイトスの背中を追っていると、唐突《とうとつ》に声をかけられた。

「あのぉ……」

声をかけてきたのは、どこにでもいそうな子連れの主婦で、他の住民たちもあからさまにこちらの様子をうかがっている。

一瞬、その主婦はツカサかへイトスに話しかけているのだと思ったが、その視線は柴犬の姿をしている俺を捉《とら》えていた。

「ん？　俺に話しかけてるのか？」

返答すると、主婦は驚いた……というよりは、喜んだような表情になり、膝《ひざ》をついて俺の目線に近づいた。

「や、やっぱり、あなたはあの、犬神フェンリルのタロウ様ですか⁉」

「む？　なんだ？　俺のことを知っているのか？」

何気なくそう聞き返すと同時に、それまで遠巻きにこちらの様子をうかがっていた住民たちも、わっと雪崩《なだれ》のようにこちらへ押《お》し寄せてきた。

「あの害獣《がいじゅう》を倒してくださったというのはあなた様ですか！　感謝してもしきれません！」

「町の外が安全になり、もう一度外に仕入れにいけるようになりました！」

「まさか本当に犬のお姿をしているとは……。ありがたやありがたや……」

どこかで見たような光景だな……。

ま、感謝されることは悪いことではないな。

リリーからもらった首輪の水晶玉《すいしょうだま》の中に光の液体が満ちるのがわかった。

【一定以上の信仰心《しんこうしん》により、ステータスが強化されました】

◇◆◆◇◆◆◇◆◆◇◆◆◇◆◆◇◆◆◇◆◆◇◆◆◇

［ステータス］
〈名前〉タロウ
〈種族〉フェンリル
〈職業〉使《つか》い魔
〈称号《しょうごう》〉犬神フェンリル

体力：70000→100000
筋力：47000→75000
耐久《たいきゅう》：32000→35000
俊敏《しゅんびん》：55000→102000
魔力《まりょく》：102000→131000

〈神格スキル〉：《狼の大口《ネメシス・アギト》》・《影箱《かげばこ》》・《超嗅覚《ちょうきゅうかく》》・《混沌の残像《ケイオス・デジャヴュ》》
〈通常スキル〉：《麻痺《まひ》無効》・《麻痺牙《パラライズ・ファング》》・《瞬光《しゅんこう》》・《念話》・《ケダモノの咆哮《ほうこう》》

◇◆◆◇◆◆◇◆◆◇◆◆◇◆◆◇◆◆◇◆◆◇

結構ステータスも上がってきたけど、耐久力《たいきゅうりょく》の伸びが悪いな……。

もしかして柴犬の姿のせいだったりしねぇよな……？

俺が褒《ほ》められている横で、住民の一人がツカサの手を取り、

「あなたはタロウ様のお仲間の方でございますね⁉」

手を握《にぎ》られたツカサは一歩退き、

「い、いや、あたしは――」

言い淀《よど》むツカサに、俺が口をはさむ。

「そうだぞ。ツカサはうちで一番強い冒険者だ。ツカサがいなければ、俺はとっくにやら

れてて、この町を救うこともできなかった」

「おぉ！　それではこの方もヴォルグの救世主のお一人ですね！」

「そういうことだな」

「ツカサ様。あなたにも最大限の感謝を！」

その後も口々に、「感謝を！」「感謝を！」と続ける住民たちに、ツカサは照れくさそうに目を逸らすと、「う、うむ……」と小さく返答した。

◇　◇　◇

「いやぁ、お二人ともすっかりこの町のヒーローですね！」

一台の馬車を目の前に、ヘイトスが茶化《ちゃか》すように言った。

「あたしは例の新種に対しては何もしてないんだが……。なんだか騙したような気がして心苦しいな……」

弱気な顔を見せるツカサに、俺がきっぱりと宣言する。

「何バカなこと言ってるんだ。俺がエリートオークと戦った後、動けなくなったところを助けてくれたのはツカサだろ？　それにツカサの協力がなければ、俺は神鬼《しんき》も倒せてない

ぞ。まったく。俺は仲間に恵《めぐ》まれた幸せ者だ」

「タロウ……」

と、話していたのも束《つか》の間《ま》、目の前に停《と》まっている馬車から一人の御者の男が降り立った。

ヘイトスはその御者に満面の笑《え》みで、

「やぁやぁ！　君が仲間に雇《やと》われた協力者だね！　これから道中安全運転で頼むよ！」

ヘイトスがそう言って近づこうとするのを、俺が前に入って制止する。

「そいつに近づくな！　ヘイトス！」

「なっ⁉　タ、タロウさん⁉」

俺が間に割って入ったのと同時に、ツカサも地面を蹴《け》って御者の男に接近し、そのまま腕をひねり上げた。

「いたたたたた！　な、なにをするんだ！」

苦悶《くもん》の表情を浮《う》かべる御者の男。

ヘイトスも、突然《とつぜん》の事態にあわあわと混乱している。

「ちょ、ちょっとツカサさんも！　いったい何をしているんですか⁉」

混乱するヘイトスを落ち着けるために、できるだけ平静に言葉を紡《つむ》ぐ。

「落ち着け、ヘイトス。コイツはおそらく、お前の仲間が雇ったっていう協力者じゃないぞ」

「なんですって⁉　ど、どうしてそんなことわかるんですか⁉　まだ会って数秒しか経《た》ってないんですよ⁉」

「臭《にお》いだよ。そいつから真新しい血の臭いがする」

ツカサは腕をひねり上げた男の懐《ふところ》に手を突《つ》っ込《こ》むと、そこから血の付いたナイフを一本取り出した。

「お前が馬車から降りた時、わずかな服の揺《ゆ》れでここに抜《ぬ》き身《み》のナイフが入っていることがわかった。ターゲットを一瞬で殺せるように抜き身でナイフを忍《しの》ばせておくのは、我々暗殺者の常套手段《じょうとうしゅだん》だ」

さらっと自分も入れて暗殺者であることをアピールするな。

お前元副騎士団長《ふくきしだんちょう》だろうが。

腕をひねり上げられた男の首元には蹄鉄の入れ墨が入っている。

ヘイトスがそれを見てごくりと唾《つば》を飲《の》み込んだ。

「蹄鉄の入れ墨……ということは、この人は『愚者《ぐしゃ》の蹄《ひづめ》』の……」

ツカサが男の首筋に手刀をお見舞《みま》いすると、そのまま気を失い、どさっとその場に倒《たお》れこんだ。

ツカサはひらりと御者台に乗り、

「刺客《しかく》が一人だとは考えにくい！　さっさと出るぞ！」

「あ、あぁ！」

おどおどとしながらも馬車の荷台に飛び乗るヘイトス。

俺もそれに続き、ひょいっと荷台に飛び込むと、行く手から緊迫《きんぱく》した雰囲気《ふんいき》にそぐわない、気の抜けた声が聞こえてきた。

「ま、待ってくださ〜い！　ツカサ様ぁ！」

視界の先には、こちらに向かって手を振《ふ》り走り寄ってくるミリルの姿があった。

ツカサがどこか呆《あき》れたように言う。

「ミリル……。悪いが今急いでるんだ。用なら後にしてくれ」

そうこうしてる間に、ミリルはツカサが手綱《たづな》を握る馬の足元までやってきて、

「そんなこと言わずに！『暁の皿』のバーテンダーさんから聞いたんですけど、皆《みな》さん今からとなり町のグラントへ行くんすよね？　お願いです！　自分も連れてってください！」

「なに？」

「実は今日、騎士団の仕事でグラントに行く用事があったんですけど、つい寝坊《ねぼう》しちゃっ

て自分だけここに置いてけぼりにされちゃったんです！　早く合流しないと、あとで騎士団長に何言われるかわかりません！　だからお願いです！　一緒《いっしょ》に乗せてってください！」

「し、しかし、あたしたちは今護衛の任務中で――」

「お願いです！　乗せてくれるって言うまで馬車から離《はな》れません！」

そう言って馬車にしがみ付くミリル。

ぐぬぬ……。

この非常事態になんて邪魔《じゃま》な……。

「どうするへイトス？」

「しかたない……。このままここで無駄《むだ》に時間を浪費《ろうひ》するのは危険だし、ここは連れて行こう。もちろん。何かあったら自己責任で！」

ミリルは両手を振り上げてぴょんぴょんと飛び跳《は》ね、ズカズカと荷台に潜《もぐ》り込んだ。

「やったー！　いやぁ、どうもどうも。あ、ちょっとそこ詰《つ》めてくださいねー」

前途多難《ぜんとたなん》だな、おい……。

「よし。ツカサ、出してくれ！」

「全員しっかりつかまっていろよ！」

そうこうして、ようやく俺たちはグラントへの道を走り出した。

第十七話『柴犬とグラントへ』

晴天の草原を走る馬車。

同乗するミリルにたずねる。

「どうだ、ミリル？　誰《だれ》もついてきてないか？」

荷台から後方を眺《なが》めるミリルが、どこか眠たそうに答えた。

「誰も追ってきてませ～ん……。ふわぁ～」

「おい、寝《ね》るなよ見張り番」

「タダで乗せてもらってる分、ちゃんと仕事はしますよ～。……それにしても今日はいい天気ですね～。ぽかぽか陽気であったかいっす」

「寝るなよ？」

「寝ませんってば～。もっと自分のこと信用してください」

「そもそもお前、寝坊して置いて行かれたんだろうが」

「いやぁ～。最近なんだか妙《みょう》に体が疲《つか》れて、寝ても寝ても寝足りないんすよね～」

「夜遅《よるおそ》くまで起きてるんじゃないのか？」

「ん〜？　普段《ふだん》と同じくらいのはずなんですけど……」

追っ手がいないことに安堵《あんど》したのか、それまで緊張《きんちょう》した面持《おもも》ちだったヘイトスがようやく口を開いた。

「あ、そうだ。忘れないうちに先に話しておくね」

「ん？　なんだ？」

「例の報酬《ほうしゅう》のことだよ」

報酬、と聞かされ、すぐにヘイトスが言っていた、今回の件で裏から糸を引いているという唯一神候補《ゆいいつしんこうほ》の存在が脳裏を過《よぎ》る。

「今話しちまってもいいのか？　まだグラントにはついてないぞ？」

「タロウさんたちは報酬を受け取ったからって、一度請《う》け負った仕事を途中《とちゅう》で投げ出したりはしないだろ？」

わかった風な口調になんとなく見透《みす》かされているような気がして腑《ふ》に落ちなかったが、黙《だま》って先を促《うなが》した。

ヘイトスは、もったいぶるような口調でその名を口にする。

「生命を創りし古《いにしえ》の神『創造神』。タロウさんはその名前を聞いたことはあるかな？」

「創造神……。まさに神って感じだな」

「言い伝えによれば、『創造神』はモンスターを自在に生み出したり、かけ合わせたりして新しいモンスター、合成獣《キメラ》をこの世界に創り出す能力を持っているらしい」

かけ合わせる、か……。

大トカゲが既存《きそん》のモンスターとよく似た触手《しょくしゅ》を持っていたり、翼《つばさ》を持っていたことと繋《つな》がるな……。

あれは創造神が創り出したキメラだったってわけか。

ん？　たしかあのキメラからは《ケダモノの咆哮》ってスキル一つしかコピーできなかったよな？

キメラからは、その特色が一番濃《こ》いモンスターのスキルしかコピーできないのかもな。

「やっぱり唯一神候補が絡《から》んでるのか。……けど、その創造神ってやつ、結構強そうな能力だが、そういうのに詳《くわ》しいソフィアが知らなかったぞ？　どうしてだ？」

「う〜ん……。モンスターという存在は大昔に一度滅《ほろ》んでいるからね。モンスターをかけ合わす能力を持つ創造神も、きっとその時、一時的に唯一神候補から除外されたんじゃないかな？　けど、数百年前に再びモンスターがこの世界に解き放たれ、長い間唯一神候補から外されていた創造神も再び参戦するようになった、と考えると、あまり人に知られていないっていうのも納得できるね」

「なるほど……。つーか、お前はそんな大昔の情報をどこから手に入れたんだよ……」

「おっと！　情報源については明かせないなぁ！　これでも一応、商人だからね！　それと、今の情報は裏が取れてるわけじゃないから、そこはよろしくねっ」

キメ顔するな。なんか腹立つから。

ヘイトスは裏が取れていないと言っているが、大トカゲとの戦闘《せんとう》を経験した俺《おれ》だからこそ、今の情報は的を射ている話だと確信した。

まず間違いない。大トカゲを裏から操《あやつ》り、多くの人間の命を奪った者の正体は、唯一神候補の一人、創造神だ。


神の力を悪用し、俺たちの敵になったことを必ず後悔《こうかい》させてやる。


ふと、ヘイトスは思い出したように付け加える。

「そう言えば聞いたよ、タロウさん」

「聞いたって、何を？」

「霊泉饅頭《れいせんまんじゅう》、とっても人気らしいね」

「あぁ、あれか。そりゃあなんたって一流料理人のエマが作ってるんだからな。売れて当然だ」

「ボクも食べたんだけど、あれはほんとにいいものだ。あんなにおいしいもの、これまで一度も食べたことないよ！」

「ふっふっふ。そうだろうそうだろう」

「そこで一つ提案なんだけど、あれを他の町でも作れるようにしたり、日持ちするようにしてお土産《みやげ》として売り出したりはできないかな？」

「あー……。たしかにそれができればもっと利益を出せるな……。一度エマに相談してみるか」

　すると、ヘイトスはぐいっと身を乗り出すようにこちらへ顔を近づけた。

「その時はぜひボクたち『プライメント商会』も協力させてほしいんだ！」

　ヘイトスがあまりに顔を近づけるので、俺は若干《じゃっかん》のけぞりながら聞いた。

「協力？」

「そう。調理拠点《きょてん》の建物の貸し出しと管理、お土産にする時の包み紙の発注、他の町への運送や、材料の調達！　ボクらはいろんなツテがあるからね！　きっと役に立てると思うよ！」

「もしもエマが改良に成功して大量生産することになったら、そういうことまで考えないといけないのか……。ま、そん時は一番にヘイトスに声をかけるよ。なんだかんだいって、ヘイトスの商人としての腕《うで》は確かだからな」

「やったー！　約束だよ！　……ふぅ。これでなんとか仲間に顔向けできるくらいにはなったかな」

「霊泉と『ハレルヤ草』を交換したこと、そんなに怒《おこ》られたのか……」

かわいそうに……。

それまで眠たそうに後ろを警戒《けいかい》していたミリルが、不意にこちらを振り返る。

「『ハレルヤ草』？　なんですか、それ？」

ヘイトスは懐から二つ折りになった厚紙を取り出すと、それを開いて中を見せた。

そこには、以前ヘイトスに渡《わた》した『ハレルヤ草』が乾燥《かんそう》した状態で保管されている。

ヘイトスはどこか自慢《じまん》げに言った。

「これだよ。調合して飲めば、その者の限界を超《こ》えて身体強化が可能になる。発見難易度Sクラスの特別希少素材だよ」

自慢して満足したのか、ヘイトスはそそくさと『ハレルヤ草』を再び懐へとしまった。

ミリルはあまり興味がないのか、「ふ～ん」とあくび交じりに、もう一度馬車の後ろに視線を向ける。

トンッ、と軽い音がしたのはその時だった。

その場の全員が音のした荷台の床《ゆか》に視線を向けると、そこには一本の矢が深々と突き刺さっていた。

この矢がどこから現れたのかわからず、一瞬荷台に乗っている全員が目を点にしていると、御者《ぎょしゃ》を務めていたツカサが声を張り上げた。

「後ろだ！　気をつけろ！」

第十八話　『柴犬と『愚者《ぐしゃ》の蹄《ひづめ》』』

「後ろ？」

ツカサに言われて、ようやく遠方から三台の馬車が猛《もう》スピードで接近しているのに気が付いた。

すでにこちらに向かって続々と矢が放たれており、その矢先は今にも俺たちを射貫《いぬ》こうとしていた。

「《影箱《かげばこ》》！」

咄嗟《とっさ》にヘイトスの前に出て《影箱》の黒い渦《うず》を眼前に出現させると、その中に飛び込んだ矢は音もなく収納された。

《影箱》でカバーしきれなかったミリルは、懐に提《さ》げていた剣《けん》を抜き、その刀身を器用に使って矢をガードし、そのままじりじりと荷台の中へ後退する。

「ヘイトスも下がれ！　流れ矢に当たるぞ！」

「ひ、ひぃっ！」

荷台の前まで行き、頭を抱《かか》えて小さくなるヘイトスは、こちらは見ずに震《ふる》えながら言った。

「あわわわ！　な、なんとかしてくださいタロウさん！　このままじゃ殺されちゃいます！」

敵の馬車は三台。ぴっちりと布が張ってあり、その中に何人乗っているかまでは把握できない。

「人数を把握させないように敢《あ》えて布を張ってるのか……。十中八九プロ……『愚者の蹄』に間違いないだろう」

ミリルは危なっかしく矢を叩《たた》き落としながら、

「ど、どうするんですか⁉　このままじゃ追いつかれますよ！　そうなったら一気に乗り込まれておしまいじゃないですか！」

「いや、それはない」

「どうしてそんなことが言えるんですか⁉」

「まず、相手の馬車の方がこっちの馬車よりも速度がある。つまり、乗っている人数は俺たちと同じくらいか、それより少ないかだろう。今もこうして矢を射《い》って牽制《けんせい》してるのがその証拠《しょうこ》。せいぜい俺たちをかく乱させ、その間に少人数で乗り込んで制圧しようって魂《こん》胆《たん》だろう」

「な、なるほど！　それで、こちらはどうやって反撃《はんげき》するんですか⁉」

「そう。それが問題だ。何しろ俺は遠距離《えんきより》攻撃《こうげき》ができるスキルを持っていないからな」

「そんなこと自信満々に言われても～……」

《影箱》に収納した矢を放出してやり返す、という手はあるが、実は《影箱》は、収納と取り出しを同時に行うことができない。つまり、《影箱》での防御《ぼうぎょ》を一時的にやめ、その後矢の射出に切り替《か》えると、飛んでくる矢に対して無防備になってしまうというわけだ。

「う～む……。どうしたものか……」

《影箱》の黒い渦に隠《かく》れながら悩《なや》んでいると、ミリルは矢を叩き落しながら苛立《いらだ》ったように叫《さけ》んだ。

「ちょっと！　この状況《じょうきょう》で長考しないほしいっす！　というか自分もその黒いやつの後ろに入れてくださいよ！」

「定員オーバーだ。お前はお前で頑張《がんば》ってくれ」

「そんな殺生《せっしょう》な……。うおっ⁉　あぶなっ！　見ました⁉　今のもうちょっとで自分の首に刺さってましたよ⁉」

「さて、次の手は……」

「無視するのやめてもらえます⁉」

打開策を考えていると、御者をしていたツカサがミリルを呼びつけた。

「ミリル。御者を代わってくれ」

「ツカサ様？　あわわ！　もう手綱《たづな》放してるじゃないっすか！」

無防備になった手綱に飛び込んだミリルに代わり、ツカサが何やら自信ありげな表情で荷台の方へやってきた。

「なんだ、ツカサ？　なにか手があるのか？」

「ふっふっふ。何を隠そう。ここへ来る前、ちょうど町で新しい暗殺道具を買ってきたところなんだ」

「で、どんなの買ったんだ？」

あぁ……。それを試《ため》してみたかったからそんなウキウキした顔してるのね……。

「これだ！」

ツカサが取り出したのは、鋭《するど》い刃《は》が円を描《えが》くような形をした武器で、俗《ぞく》にチャクラムと呼ばれるものであった。

「チャクラムか……。また珍《めずら》しい武器を……。というかそれ暗殺道具に入るのか？」

「む？　チャクラムを知っているとは、さすがタロウ。これを売ってた露店《ろてん》の店主の話によれば、東洋の国で古くから使われている投擲《とうてき》武器らしい」

「不器用なくせにほんとに使いこなせるのか？」

「ふっ。こういう身体能力に頼《たよ》った武器の扱《あつか》いは死ぬほど特訓したからな。まぁ見ていろ」

そう言ってツカサはクルクルとチャクラムを人差し指で回し始めた。

自信ありげに言っていただけのことはあり、チャクラムは一切《いっさい》重心をブレさせることなく、ツカサの人差し指を中心に綺麗《きれい》な円を描いた。

「ほぉ……たしかにうまい……な……」

「ん？　どうしたタロウ？」

「いやぁ……？　別に……」

何故《なぜ》かはわからないが、ツカサが回しているチャクラムを見ていると、俺はそのチャクラムを必死で目で追ってしまい、思考が定まらなくなった。

へぇ……。チャクラムって結構綺麗に回るんだなぁ……。

ふ～ん……。なんか見てると楽しいなぁ……。

なんだろう？　胸の奥《おく》からざわざわとした感じがこみあげてくるような……。

ツカサが回すチャクラムが、ヒュンヒュンと空を切る音を立てると、ぞわぞわと毛が逆立ち、目が離せなくなった。

ツカサは真後ろから接近する馬車に狙《ねら》いを定めると、チャクラムを回す手を大きく後ろに振りかぶる。

「馬車の弱点は馬だ。馬には悪いが、ここは一撃《いちげき》で仕留めさせてもらう！　てやっ！」

ツカサが全力でチャクラムを投げ飛ばした瞬間《しゅんかん》、どうしてだか、俺は流れるように足元の荷台を蹴り、そのままピンと体を伸《の》ばして宙を舞《ま》っていた。


……あれ？　俺、いったい何してるんだ？


頭では一瞬そんな疑問が浮かんだが、そんなことよりも目の前をクルクルと回るチャクラムに神経が集中し、俺は飛び出した勢いのまま、宙を飛んでいたチャクラムを見事口に咥《くわ》えてしまった。

チャクラムの刃が当たらないように剥《む》き出しにした牙《きば》がガチンッ、と甲高《かんだか》い音を立てる。

ツカサは驚《おどろ》いたように口をあんぐりと大きく開いた。

「なっ⁉　タ、タロウ⁉　何をしているんだ！」

すいません……。

それは俺が一番知りたいです。

俺はどうしてこんなことをしているんでしょうか？

ただ……何故《なぜ》だか……飛んでいくチャクラムを咥えずにはいられなかったんです。

きっと飼い主の投げた円盤《えんばん》を楽しそうに咥えに行く犬はこんな気持ちなんだろうな、などと考えながら、思いきり飛んでしまった俺の体はそのまま後ろを走っていた馬車へと突っ込んだ。

中に隠れていた数人の男たちが、急に飛び込んできた俺を見てあたふたと慌《あわ》てている。

「うおっ⁉　なんだこの犬は⁉」

「間抜《まぬ》けな顔をした犬め！」

「つまみ出せ！」

と、乱暴に俺を蹴り落とそうとしたが、いくら相手が犯罪組織の構成員とは言え、やはり神である俺との戦闘力《せんとうりょく》の差は歴然。

俺は咥えたチャクラムをそのままに、敵の攻撃《こうげき》をすべてかわし、その間を縫《ぬ》うように走り回ってかく乱し、隙《すき》を突いて全員を馬車から叩き落とし、最後には御者も地面の屑《くず》へと変えてやった。

パッカパッカと走る馬の前方には、ポカンとした顔でこちらを見つめているツカサとヘイトスの姿がある。

俺はそこでようやく、チャクラムを咥えっぱなしだったことに気づき、静かにそれを下に置いて、改めて二人に向き直って堂々と宣言した。

「すべて計画通りだ！」

第十九話『柴犬《しばいぬ》と新たな刺客』

「嘘《うそ》をつくな！」

ツカサは抗議《こうぎ》するように拳《こぶし》を振り上げる。

「どう見てもあたしのチャクラムを咥えに行ってただろう！」

「い、行ってないもん……」

「思いっきり犬の部分が出てたじゃないか！」

「犬の部分とかないし……。俺フェンリルだし……」

「目を逸《そ》らすな！」

「………………」

そうして俺の計画通り、馬車一台を制圧することに成功すると、残りの二台は左右に広がり、ミリルが操る馬車を挟《はさ》むような陣形《じんけい》を取った。

俺は俺で、奪《うば》った馬の手綱を咥え、馬車の速度を上げてツカサたちの馬車へ追いつこうとしたが、それよりも早く、右を走っていた敵の馬車が距離《きょり》を縮め、ミリルが操る馬車の真横へ近づいた。

すぐさま敵の馬車の荷台から三人の男が姿を現し、慣れた足取りでツカサたちの馬車へと乗り移る。

だが、ヘイトスの、ひぃ、という情けない声が上がると同時に、乗り込んできた三人のうち、二人の首がストンと切り落とされ、その死体と共に地面へ投げ出されると、ゴロゴロと後方へ転がっていった。

何が起こったのかよく見ると、ツカサが投げたであろう二つのチャクラムが血にまみれた状態で遠方に向かって飛んでいるのがわかった。

ツカサは両手でチャクラムを投げたのか、左右の手の人差し指をピンと伸ばした状態で、どこか楽しそうに口角を緩《ゆる》める。

「ふむ。クナイよりも扱いづらいし速度も出ないが、切れ味は抜群《ばつぐん》だな。……だが、下手に投げると回収できんのは痛いな。あれはちょっぴり値段が張るのに……」

馬車から地上へと猛スピードで飛んでいき、二度と戻《もど》ってくることのないチャクラムを想《おも》ってか、ツカサは遠い目をして虚空《こくう》を見つめている。

「な、なめやがってぇぇぇぇ！」

乗り込んできた三人のうち、残った一人は青龍《せいりゅう》刀によく似た剣を構えると、一切の躊躇《ちゅうちょ》なくツカサに向かって振り下ろした。

だが、振り下ろされた剣はツカサが突き出したクナイの刃先《はさき》に止められてしまい、その衝撃《しょうげき》で体勢を崩《くず》してしまった男は、その瞬間ツカサのクナイで首をかき斬《き》られ、馬車から蹴落《けお》とされてしまった。

男が馬車から落下する直前、ツカサはその男が持っていた青龍刀を奪い、槍《やり》を投擲するようにそれを投げ飛ばすと、乗り込んだ仲間がやられて逃《に》げようと馬車を操っていた御者の男の横腹に突き刺さった。

青龍刀を横腹に刺された御者の男の口から大量の血が噴《ふ》き出ると、馬車は右往左往と大きく揺れ、そのままド派手に横転してしまった。

その様子に、それまで怯《おび》えていたヘイトスが、興奮したようにツカサの手をぶんぶんと力強く握る。

「す、すごいじゃないかツカサさん！　あっという間だったよ！」

「ふっ。暗殺者として当然のことだ」

「暗殺……かどうかは微妙《びみょう》なラインだけど……い、いや、とにかくすごい！」

褒められてまんざらでもないのか、ツカサがほくそ笑《え》んでいるところに、俺もようやく奪った馬車ですぐ後ろまで距離を詰めることに成功した。

「おーい。気を抜くなよ。まだ敵の馬車は一台残ってるぞ」

犬の俺が馬を操って追いついてきたのがおかしいのか、ヘイトスは顔を強張《こわば》らせていた。

「タ、タロウさん……馬も操れるんですね……」

「いやぁ、初めてやってみたけどなんとかなるもんだな！」

「へ、へぇ……」

改めて残り一台になった敵の馬車に目を向けると、こちらの戦力を見て不利だと判断したのか、ゆっくりと減速し、距離を取り始めた。

その様子に、ツカサはあっけらかんとして言う。

「どうやら退《ひ》くようだな。まだやり足りないが、しかたない」

ツカサの相手をするのは少々荷が重かったみたいだな。

馬車の行く手に視線を向けたヘイトスは、安堵したようにほっと胸を撫《な》でおろしながら、

「あと一本橋を越《こ》えたらグラントに到着《とうちゃく》だ……。ふぅ……。助かっ――」

と、あとその場にいた全員が警戒心《けいかいしん》を緩めた時、突如《とつじょ》として、先ほど逃げて行き、遠ざかっていた敵の馬車が爆音《ばくおん》を立て、豪快《ごうかい》に宙へと舞い上がった。

何が起こったのかも理解できないまま、宙を舞った敵の馬車は地面に叩き落とされ、前に進むエネルギーでそのまま無残な姿へと変わってしまった。

そして、さっきまで馬車があった場所には、まるでサイのような異形の姿がある。

禍々《まがまが》しくそそり立った斧《おの》のように平べったく鋭い角。真っ赤に染まった眼球。だがその顔は、以前戦闘をしたエリートオークにとてもよく似ていた。

ツカサは荷台から覗《のぞ》き込むようにそのモンスターの姿を見つめ、驚いたような声を漏《も》らす。

「なんだあのモンスターは……。顔はエリートオークに似ているが……あの角と体、もしや『アクスライノ』か?」

ヘイトスもツカサの言葉にうんうんと頷《うなず》く。

「特徴的《とくちょうてき》な斧に似た角は『アクスライノ』と一致《いっち》する、けど……あの顔はどう見てもエリートオークだ」

ツカサはその異形を眼前に、ごくりと唾を飲み込んだ。

「なるほどな……。あれが話に聞いていたキメラというやつか」

異形を視認《しにん》した瞬間、俺の視界の中にポンと名前が浮かび上がる。

◇◆◆◇◆◆◇◆◆◇◆◆◇◆◆◇◆◆◇◆◆◇

『アクスオーク』
体力：12000
筋力：2000
耐久《たいきゅう》：4500
俊敏《しゅんびん》：3000
魔力《まりょく》：0

◇◆◆◇◆◆◇◆◆◇◆◆◇◆◆◇◆◆◇◆◆◇◆◆◇

アクスオーク……。なるほど。《超嗅覚《ちょうきゅうかく》》で表示されるキメラの名前は、元となったモンスターを参考につけられるのか。

魔力0ってのは、エリートオークの特徴《とくちょう》と合致《がっち》するな。

ふと、アクスオークから嗅《か》いだ覚えのある刺激臭《しげきしゅう》が漂《ただよ》ってくるのに気が付いた……。

この臭《にお》いは、たしか……。

けどうしてキメラからあの臭いが……？

視界の先に、グラントの町を囲んでいるであろう外壁《がいへき》が見え、その手前には石橋がかかっているのがわかった。

石橋の下方から、轟々《ごうごう》と川の流れる音が聞こえてくる。

今は余計なことを考えてる時間はないな……。

「ミリル！　馬車の速度を上げろ！　こいつは俺がなんとかする！」

ツカサたちが乗っている馬車を操縦しているミリルは、突然《とつぜん》のことに声を裏返しながらも、「は、はいっす！」と馬車の速度を上げた。

それに伴《ともな》い、引き離されまいとアクスオークも速度を上げる。

アクスオークの狙いはツカサたちなのか？

それともただ速度を上げた馬車に反応しただけ？

アクスオークはドシンドシンと重い体で地面を蹴《け》り上げながら、ツカサたちの馬車へ横づけしようと接近する。

「させるか！」

すかさず、俺は咥えている馬の手綱を引き、ツカサたちの馬車とアクスオークとの間に割《わ》り込《こ》んだ。

ドォンッ、とアクスオークが俺の馬車の側面にぶつかって強い衝撃が走る。

一瞬《いつしゅん》押《お》し込まれ、ツカサたちの馬車と車輪の表面がぶつかるも、なんとか態勢を立て直し、すぐにスキルを発動した。

「《狼の大口《ネメシス・アギト》》！」

足元の影から出現するフェンリルの頭部。それが牙を剥き出しにして飛びかかるも、アクスオークは、まるで俺が《狼の大口《ネメシス・アギト》》を出現させることがわかっていたかのように一歩退き、致命傷《ちめいしよう》を避《さ》けた。

【アクスオークから、《爪撃《そうげき》》を複製しました】

◇◆◆◇◆◆◇◆◆◇◆◆◇◆◆◇◆◆◇◆◆◇

〈新スキル詳細《しようさい》〉

《爪撃》：爪を硬質化《こうしつか》させ、対象物を切り裂《さ》く。

◇◆◆◇◆◆◇◆◆◇◆◆◇◆◆◇◆◆◇◆◆◇

「ちょっと今それどころじゃないから！」

《狼の大口《ネメシス・アギト》》を避けた時の敵の反応が早すぎる。事前にどんなスキルが来るかわかってたのか？　ちっ。こっちの手の内はバレバレってわけか……。

ツカサの耳にも、先にある橋の下を激しい勢いの川が流れる音が届いたのか、すぐに俺の意図を察し、

「もう少しだタロウ！　そのまままっすぐ突《つ》っ込ませろ！」

「任せろ！」

と、威勢《いせい》よく返事をしたものの、すでに一度目のアクスオークとの接触《せっしょく》で、今にも馬車の車輪が外れそうになっていた。

まずいな……。次ぶつかったら押《お》し負ける……。

もう少し……。もう少しで川にたどり着くのに……。

橋まではあとすんでのところまで来ている。

しかし、アクスオークは興奮したように涎《よだれ》を垂らし、一旦距離《いったんきょり》を取ると、助走をつけて再びこちらへ突っ込んできた。

このタックルを食《く》らうと馬車が壊《こわ》れる。

だが大技《おおわざ》の《狼の大口《ネメシス・アギト》》ではまた回避《かいひ》されるかもしれない。

だったら――


「全員！　耳を塞《ふさ》げぇぇぇぇ！」


俺のその言葉に、ツカサ、ヘイトス、ミリルは、意味も分からず耳を塞ぎ、ぐっと首をすくめた。

思いきり息を吸《す》い込み、喉《のど》に魔力を込め、大声で宣言する。


「《ケダモノの咆哮《ほうこう》》！」


喉の奥から湧《わ》き出る、まるで狼の遠吠《とおぼ》えのような鳴き声。

それは衝撃波《しょうげきは》となり、瞬《また》く間《ま》に周囲へ拡散する。

周囲へ拡散する性質上、ここに来るまで一度も練習ができていなかったせいでうまくコントロールできなかったが、それでも、ツカサたちへのダメージが少なくて済むよう、できるだけ出力を絞《しぼ》って発動した。

衝撃波を受けたツカサたちは、うっと辛《つら》そうに顔をしかめるも、肉体へのダメージは皆《かい》無《む》だった。

だが同様に、俺《おれ》が出力を絞ったため、アクスオークにもダメージらしいダメージは与《あた》えられない。

それでも俺の咆哮に驚いたアクスオークは、一瞬《いっしゅん》警戒《けいかい》してタックルを中断し、もう一度距離《きょり》を取ってこちらの様子をうかがった。

《ケダモノの咆哮》で一瞬身の危険を感じて退いたアクスオークだが、それ以上に興奮しているのか、すぐさまもう一度俺の馬車へと突っ込んできた。

その瞬間、ツカサたちが乗った馬車は橋を渡り、俺が操っていた馬車はアクスオークによって粉々に破壊《はかい》されたが、そのままもつれるようにして、アクスオーク諸共《もろとも》、深い谷底を流れる激流の川へと落下していった。

俺はと言えば、アクスオークが馬車に突進《とっしん》してきた瞬間、手綱を放し、そのままの勢いでツカサたちが乗っている馬車へと跳躍《ちょうやく》した。

……が、勢いが足りず、あと僅《わず》かというところでツカサたちの馬車へたどり着くことなく、失速して川へ落下し始めたところ、ツカサがすぐさま手を伸ばし、俺の体を荷台へと引きずり込んだ。

「ツ、ツカサ……ナイスキャッチ……」

「あ、あまり無茶《むちゃ》するなよ、タロウ……」

第二十話『柴犬と臭いの正体』

直後、ガタンッ、と石で跳《は》ねた馬車が揺《ゆ》れ、その拍子《ひょうし》に進路が大きく右へと逸れた。

ツカサに回収され、荷台に乗った俺は慌てて手綱を引いているミリルに声をかける。

「おいミリル！　ちゃんとまっすぐ進め！　危ないだろ！」

だがミリルからの返答はなく、代わりにヘイトスが額に冷《ひ》や汗《あせ》を滲《にじ》ませて言った。

「あ、あの……ミリルさん……寝《ね》てるみたいなんだけど……」

「寝てる⁉」

ヘイトスの言葉に慌てて前方を確認《かくにん》すると、確かにミリルはぐったりとしていて、上半身を大きく横へ反《そ》らした状態で手綱から手を放してしまっている。

そして進路が大きく右へ逸れたことで、グラントの町を囲んでいる石でできた外壁《がいへき》が、もうすぐそこまで迫《せま》ってきていた。

「まずい！　ぶつかるぞ！　う、馬を止めろ！」

俺の言葉に、ツカサもすぐに飛び出してきて、俺たちは二人して思いきり手綱を手前に引っ張り、右に逸れた馬車の進路をさらに右へ切ることで、横になった車輪がガリガリと地面を削《けず》り、どうにか外壁にぶつかる直前に馬車を止めることに成功した。

「た、助かった……」

「今のはギリギリだったな……」とぼやくツカサから、未《いま》だに寝ているミリルに視線を戻すと、本人はこの騒《さわ》ぎでも一切目を覚ますことなく、沈黙《ちんもく》を貫《つらぬ》いていた。

その様子が、寝ている、というには少し違和感《いわかん》を覚え、焦《あせ》りが募《つの》る。

「ミリル？　おい、ミリル！」

ツカサもミリルの不審《ふしん》な様子に気が付いたのか、その肩《かた》を激しく揺さぶった。

「ミリル。どうした？　おい、大丈夫《だいじょうぶ》か？」

ツカサの心配そうな声に反応してか、ミリルの眉《まゆ》がピクリと反応し、やがてぱちっと目が開いた。

「あ、あれ⁉　自分寝てました⁉　あのオークの顔したモンスターはどうしたんすか⁉　え？　え？」

「寝てた……のか？　気を失っているように見えたが……」

「あはは……。どうも申し訳ないっす。最近眠気《ねむけ》がひどくて、たまに気を失ったように眠ってしまうんですよね～」

「ま、まぁ……異常がないならよかった……」

ミリルに異常が起こったと思っていた俺《おれ》もツカサも、肩透《かたす》かしを食らったような顔を見合わせた。

そんな俺たちに割り込むように、ヘイトスが両手を広げて抱《だ》きしめてきた。

「無事についてよかったぁ！　ありがとう、タロウさん！　ツカサさん！　これでなんとか仲間に顔向けできるよ！」

「そりゃよかったな……」

ほっと一息吐《つ》くと、グラントの町へ続く門の方から一人の女性が走ってきた。

緑がかった前髪《まえがみ》をぴっちりと七三にして、地味だが高級そうな布で作られた服からはどこか気品が漂っている。

全力で走ってきたのか、目の前にやってきた女性は肩で息をしながら、馬車を見上げるように声を伸ばす。

「団長！　団長、無事ですか⁉」

団長、と呼ばれ、ヘイトスがひょっこりと馬車から顔を覗かせる。

おそらく女性は、ヘイトスが団長を務めるギルド『プライメント商会』のメンバーなのだろう。

「やぁやぁ！　ソリューシカ！　ボクならこの通り、怪我《けが》一つないよ！」

ソリューシカ、と呼ばれた女性は、酷《ひど》くさめた口調で続ける。

「団長の心配をしたんじゃありません。『ハレルヤ草』は無事ですかと聞いたんです」

「あ、そう……。う、うん。そうだね。大事だもんね、『ハレルヤ草』」

「それで？　『ハレルヤ草』はどこに？」

「はぁ……。それならボクがずっと大事に持って――ん？」

自分の懐《ふところ》に手を当てたまま動きを止めたヘイトスの顔色は、みるみる青ざめていく。

ソリューシカが訝《いぶか》しげな表情でヘイトスを見やる。

「団長……？」

「い、いや、あはは……ちょ、ちょっと待ってね……」

あたふたとポケットというポケットをまさぐるヘイトス。

だがあろうことか、そこから『ハレルヤ草』が取り出されることはなかった。

「団長……まさか本当になくしたんですか？」

「あ、あはは………。……………そうみたい、だね」

ソリューシカは抗議の声の代わりに、長い長いため息を漏らし、呆《あき》れたように頭《かぶり》を振ってその場を去ってしまった。

冷や汗まみれになったヘイトスは、すぐさま俺に深々と頭を下げた。

「タ、タロウさん！　頼《たの》む！　『ハレルヤ草』を捜《さが》してください！」

「マジでなくしたのかよ……」

「面目次第《めんぼくしだい》もございません……」

「はぁ……。まぁいい。匂《にお》いは覚えてるから鼻で捜してやる。見つかる保証はせんけどな」

「タロウさん！」

《超嗅覚《ちょうきゅうかく》》のスキルで、ヘイトスに残る『ハレルヤ草』の匂いに集中する。

以前嗅いだことのある、甘《あま》い果実とほんのり薬を混ぜたような独特な香り。

ふむ。『ハレルヤ草』の匂いが一番強いのは、当たり前だがヘイトスの服だな。次に馬車の中。だがほとんど霧散《むさん》している。おそらくヘイトスが持っていた『ハレルヤ草』の匂いが充満《じゅうまん》していただけだろう。

他に『ハレルヤ草』の匂いが強く残っているところなんて……。

と、《超嗅覚》で辺りを嗅ぎまわっていると、不思議なことに、ミリルの肩の辺りに『ハレルヤ草』の匂いが付着しているのを発見した。

「ミリル。ちょっとしゃがんでくれないか？」

「え？　は、はぁ……」

首を傾《かし》げながら腰《こし》を落とし、膝《ひざ》を地面につけるミリル。

ひょいっとミリルの肩に鼻先を近づけてみると、やはり間違《まちが》いなく『ハレルヤ草』の匂いが付着していた。

この匂いの量……。『ハレルヤ草』は確実にミリルの肩周辺に一度触《ふ》れている。だが、ミリルの体の他の部分からは『ハレルヤ草』の匂いはまったくしない。

いったいどういうことだ……？

「ミリル。お前、『ハレルヤ草』に触《さわ》ったりしたか？」

「自分がですか？　いえいえまさか！　そんなことしないっすよ！」

嘘の臭いはしない、か……。

う～ん……。じゃあこれはどういうことなんだ？

「ちょっとここで待っててくれ。どこか途中《とちゅう》で落っことしてないか捜してくる」

と言ってその場を離《はな》れ、道中を少し嗅ぎ回ってはみたものの、『ハレルヤ草』の匂いはどこからもしなかった。

諦《あきら》めてツカサたちのところへ戻ると、馬車はグラントへの門の前に移動させられていて、そこには不安そうな表情でこちらを見つめているヘイトスたちの姿があった。

ヘイトスは俺の姿を見つけるや否《いな》や、乞《こ》うように走り寄ってくる。

「タロウさん！　ど、どうだった⁉　『ハレルヤ草』は見つかった⁉」

「いや、どこにも落ちてなかった」

「そんなぁ！　ど、どうしよう……またソリューシカにどやされる……」

しかし、どこからも匂いがしないってのは妙《みょう》だな……。

どこかに落としたか、誰《だれ》かに持ち去られたか、どちらにせよ残り香程度ならわかるはずだが……。それらしいものと言えば、ミリルの肩に少し匂いが付着してただけ……。

「なぁ、ミリル。お前、本当に知らないんだよな？　体に少し残り香がついてるようなんだが、心当たりはないか？」

「残り香ですか？　いえ、自分は本当に知らないっすけど……」

この言葉に嘘はない。ミリルは何も知らないんだ。

だとすると、考えられる可能性は……。

「もしかすると……『ハレルヤ草』は第三者に盗《ぬす》まれたんじゃないか？」

ヘイトスが目を白黒させる。

「盗まれた⁉」

ツカサも、興味深そうに身を乗り出した。

「それはどういう意味だ？」

「いや、全然証拠《しょうこ》とかがあるわけでもないが、ここまで完全に匂いを残さずに物を消すとなると、誰かがそういうスキル、あるいは魔法《まほう》を使って盗んだということは考えられないか？　例えば俺の《影箱《かげばこ》》みたいな収納系の能力を使えば、匂いは対象が収納されたところでぷっつりと途切《とぎ》れる。第三者も似たような能力を使用して『ハレルヤ草』を盗んだと考えれば合点《がてん》がいく」

「なるほど……。その第三者として一番怪《あや》しいのは『愚者《ぐしゃ》の蹄《ひづめ》』、次に創造神か。両者が手を組んでいる可能性は？」

「どうだかな。さっきのアクスオークは『愚者の蹄』の馬車を一台ぶっ飛ばしてたが、それがアクスオークの暴走なのか、元々味方ですらないのかは判断がつかん。とりあえず今は、敵が『物を消す』ことができるような能力を持っているかもしれない、程度にとどめておく方が賢明《けんめい》だろう」

「うむ。あたしも同感だ」

ヘイトスはどやされることが恐《おそ》ろしいのか、『ハレルヤ草』を失ったことよりも、ソリユーシカにどんな言い訳をして許してもらうかをぶつぶつと呟《つぶや》いていた。

こいつも大変だなぁ……。

ツカサは顎《あご》に手を当てて考えるように言う。

「しかし、いつも我々は後手に回ってしまうな。これまではなんとか対応できたが、この先どうなるか……」

「それなら、俺に考えがある」

「考え？」

「あぁ。さっきのアクスオークから、嗅いだ覚えのある臭いがぷんぷん漂っていたんだ」

「なにっ？　それはどんな臭いだったんだ⁉」

「ヴォルグの町の下水道に使われている、消毒液の臭いだ」

第二十一話『柴犬と先制攻撃』

ツカサはごくりと唾《つば》を飲《の》み込んだ。

「まさか……そんな馬鹿な……」

「ツカサ、前に言ってたよな？　ヴォルグの町の下水道には、独自に調合された消毒液が使用されてるって。アクスオークからした臭いは、ヴォルグの下水道から漂ってくる臭いとまったく同じだった」

ここへ来る前、神鬼《しんき》と行動を共にしていたエリザが話していた。

『この町は分が悪い』

神鬼がヴォルグの町のことをそう言ったと。

つまり、神鬼は気づいていたんだ。

ヴォルグの町の下水道に潜《ひそ》む、創造神の存在に。

ツカサは短いため息を吐き、額に汗をにじませる。

それもそのはずだ。

創造神がヴォルグの地下に潜伏《せんぷく》している可能性があるということは、つまり、ヴォルグに住む人たち全員に危害が及《およ》ぶ可能性があるということだ。


「なるほど。それはおもしろい話だね」


突然《とつぜん》割り込んできた声に、ツカサがあからさまな敵意の視線を向ける。

そこに立っているのは、数名の騎士団《きしだん》を引き連れたカルシュだった。

カルシュの姿を捉《とら》えたミリルは、「カルシュ騎士団長！」とピシッと背を伸《の》ばして身なりを整えた。

「すいません！　遅刻《ちこく》しました！」

「ん。以後気を付けるように」

軽くミリルとあいさつを交わしたカルシュは、笑みを浮《う》かべて俺を見下ろした。

「話は聞かせてもらったよ。例の新種の件が、創造神と呼ばれる唯一神《ゆいいっしん》候補による仕業《しわざ》である可能性が高いことは、俺たちの調べでも判明していたよ。けどまさかその黒幕が、ヴォルグの下水道にいるとはね。驚《おどろ》いたよ」

「盗み聞きしてんじゃねぇよ」

「盗み聞きとは人聞きが悪い。俺は遅《おく》れてやってきたミリルくんを迎《むか》えに来た。そしたら偶然《ぐうぜん》、君たちの話が耳に入っただけのことさ」

「……それで？　どうするつもりだ」

「どうする？」

「ヴォルグの町にはたくさんの人たちが生活している。もしも下水道を探索《たんさく》するのなら、その前に住民の避難《ひなん》を優先しろ」

「あー、そういうことか……。うーん。けど、それはあまり得策とは言えないね」

「なんだと……？」

「だってそうじゃない？　もしも本当に創造神が下水道に潜伏してた場合、住民を避難なんかさせてたら、こちらの行動を察知した創造神が逃げ出しちゃうかもしれないでしょ？」

「ま、待て！　もしも創造神との戦闘《せんとう》になった場合、ヴォルグの住民はどうなる⁉　巻き込まれるかもしれないだろ！」

「まぁ、もしも巻き込まれたとしても、それは必要な犠牲《ぎせい》かなぁ？　ここで創造神を取り逃がした方が、この先犠牲者が増えちゃうのは間違いないしね！」

どうして……。

どうしてこいつは、そんな無慈悲《むじひ》なことを、こんな笑顔《えがお》で言えるんだ……？

俺の反論を意に介《かい》さず、カルシュは踵《きびす》を返すと、後ろに立っていた騎士団の連中に指示を飛ばした。

「話は聞いてたね！　緊急《きんきゅう》でヴォルグの下水道に突入《とつにゅう》する！　討伐《とうばつ》目標は、唯一神候補、創造神！　さぁ！　グラントにいる全員を呼び戻して！」

「「「はっ！」」」

カルシュの指示で散り散りになる騎士団。

「ヘイトス！　馬車を借りるぞ！　ツカサ、乗れ！　奴《やつ》らより先にヴォルグに戻り、住民の避難を仰《あお》ぐ！」

「わかった！」

ヘイトスが申し訳なさそうに言う。

「あ、あの……この緊急事態でこんなことをお願いするのはなんなんだけど……もしも『ハレルヤ草』が無事だったら回収しておいてほしいなぁ……なんちゃって……」

「敵が持ってればついでに回収してやるが、期待はするなよ」

「そ、そりゃあもちろん！　あ、馬車はどうぞ好きに使っちゃって！　頼んだよ！」

騎士団よりも早くヴォルグに到着するため、ツカサが手綱《たづな》を握《にぎ》る。

そのまま急ぎ帰還《きかん》しようとしたところ、ツカサは大きく振り返り、呆然《ぼうぜん》と立ち尽《つ》くしているミリルへ質問した。

「ミリル。お前はどうする？　一緒《いっしょ》にくるか？」

ツカサの提案に、ミリルはあたふたと困惑《こんわく》する表情を浮かべ、その場で他の騎士団員が集まってくるのを待つカルシュの顔色をチラチラと窺《うかが》った。

「あ、あの、自分は、その……」

ミリルから迷いの匂いが放たれ、その答えが出る時間を待つ余裕《よゆう》がないとすぐに判断し、俺はツカサに言った。

「ツカサ！　出せ！」

「……了解《りょうかい》だ」

ツカサは最後にミリルを一瞥《いちべつ》し、そのまま勢いよく馬車をヴォルグに向けて進め始めた。

◇　◇　◇

グラントからヴォルグまではそれほど離れておらず、少々馬に無理はさせてしまったが、騎士団の連中よりも早く到着することができた。

冒険者《ぼうけんしゃ》ギルドの前で馬車から飛び降り、すぐさま建物に入って声を荒《あら》らげる。

「おい！　今すぐ住民を避難させてくれ！」

建物の中には数人の冒険者とギルド職員、それから『ムーン・シーカー』のメンバーと、奥《おく》には所長代理のカーラが立っていた。

俺の姿を見てレイナが「あっ！　タロウ！」と目をハートにしたあからさまに場違《ばちが》いな反応をしたが、今は時間がないので無視することにした。

俺の声に、奥で作業をしていた所長代理のカーラが目を丸くしてこちらへ駆《か》け寄ってくる。

「犬神様！　そんなに慌《あわ》ててどうされたんですか？　それに、住民を避難させろ、とはいったい……？」

「時間がないから簡潔に説明する。この町の下水道が、悪意を持った唯一神候補の根城になっている恐れがある。討伐のためにもうすぐ騎士団の連中が下水道に突入する。もしも本当に下水道に創造神が潜んでいた場合、町を巻き込んでの大規模な戦闘になるかもしれない。だからその前に、冒険者ギルドで人員を集めて住民の避難誘導《ひなんゆうどう》を行ってくれ」

「そんな……。尽力《じんりょく》しますが、人を集めるのには時間がかかります……。騎士団の突入はいつ頃《ごろ》行われる予定なんでしょうか？」

不安そうな表情を浮かべるカーラ。

そこへ、俺たちが入ってきた扉《とびら》が突然開かれ、別のギルド職員が青ざめた顔で唾を飛ばした。

「カーラ所長代理！　大変です！　下水道でモンスターの討伐を行うため、これから騎士団総出で突入作戦を開始するそうです！　すでに下水道へ繋《つな》がる通路には騎士団が集まっています！」

なにっ⁉　もう追いついてきたのか⁉　くそっ……。早すぎる……。

改めてカーラに向き直り、

「もう時間がない！　とにかく人員を集めつつ、避難誘導を開始してくれ！」

カーラは急な事態に焦りを募らせつつも、力強く首を縦に振った。

「はい！　直ちに！」

カーラに倣《なら》うように、話を聞いていたレイナもどんと自分の胸に拳《こぶし》を当てる。

「そういうことなら私たちも協力するわ。……もちろん報酬《ほうしゅう》はタロウの――でへへ」

最後の方はよく聞こえなかったが、聞き返すのも怖《こわ》かったので適当に聞き流した。

カーラが不安そうに眉を顰《ひそ》める。

「犬神様はどうなさるんですか？」

「俺たちは騎士団と一緒に下水道にもぐる。創造神が下水道に潜伏していた場合、地下で決着をつけられれば住民への被害《ひがい》は抑《おさ》えられるからな」

「承知いたしました。……ご武運を」

「あぁ。みんな頼んだぞ」

全員からの威勢のいい返答を聞き、俺はツカサと共にその場を後にした。

◇　◇　◇

ヴォルグの中心部からやや離れた場所に、広い水路へ下りられる階段があり、そこから歩いて下水道へ行くことができる。

普段《ふだん》は出入りができないように鉄柵《てつさく》が設けてあるが、鍵《かぎ》さえ開けられれば人の出入りは可能だとカーラから教えてもらった。

遠目から鉄柵の前にいる数名の騎士団を見て、後ろについて来ていたソフィアが声を漏らす。

「どうやらすでに騎士団の人たちは中に突入しているようですね。残っているのは見張りでしょうか？」

「だろうな。……つーか、ほんとに一緒に来る気か？　危ないし、ソフィアは外で待っててくれていいんだぞ？」

「何をおっしゃいますか！　私も『フェンリル教団』の一員！　どこへでもお供しますとも！　それに、新しく覚えた魔法が何かの役に立つかもしれませんし……。うふふ」

ここへ来る前、一度宿に戻《もど》ると、事情を聞いたソフィアが自分も一緒に来ると駄々《だだ》をこねたため、しぶしぶ連れていくこととなった。

なんでも話によれば、例の『夕暮れの盃《さかずき》』からもらった魔導書《まどうしょ》の解読が終わったとかで、その表情はどこか自信ありげに見える。

「新しく覚えた魔法ねぇ……。で、それってどんな魔法なんだ？」

「それはまだ内緒《ないしょ》です！」

「なんで言わねぇんだよ……。作戦立てにくいじゃねぇか……」

「役に立たなそう……じゃなくて、えっと……そう！　敵を騙《だま》すにはまず味方からって言うじゃないですか！　それです、それ！」

「あぁ、はいはい。覚えた魔法が役に立ちそうもないから触《ふ》れてほしくないのね。わかったわかった。下水道では怪我しないように引っ込んどけよ」

「むー！　そんなこと言ってないじゃないですかぁ！」

ソフィアの後ろから、青ざめたエマがひょっこりと顔を覗《のぞ》かせる。

「ボ、ボクはやっぱり外で待ってたほうがいいと思う……」

「エマはキメラの弱点を見極《みきわ》められるだろ？　だから一緒に来てくれた方が助かるんだ」

「うぅ……」

「大丈夫。ツカサがエマを守ってくれる。そう怯《おび》えるな」

「う、うん……」

ソフィアがはて、と首を傾げる。

「あれ？　じゃあ私は誰に守ってもらえばいいんですか？」

自信満々でついてくる割には守ってもらう気しかないな、おい。

「そんなことより――」

「そんなことより!?」

「――さっさと下水道に突入するぞ。できれば騎士団の連中よりも先に創造神と接触したい」

ツカサも大きく頷《うなず》く。

「もし本当に下水道に創造神がいた場合、あたしたちが先に討伐するのが理想だな。しかし、下水道への道は騎士団が押さえているようだぞ。すんなり入れてくれるとは思えないが……」

「う〜ん……。強行突破《とっぱ》しようと思えば可能だが、騒ぎが大きくなればそれだけ注目を浴び、避難誘導にまで影響《えいきょう》が出るかもしれんしな。さて、どうしたものか……」

と、頭を悩《なや》ませていると、俺たちの背後から聞き覚えのある声が飛んできた。


「別の道から下水道に行けるっすよ」


声の主は、グラントで別れたはずのミリルだった。

そこにいるはずのないミリルの姿に、ツカサは目を丸くする。

「ミリル!　どうしてここにいる?　騎士団はどうした?」

「えっと……。ここに到着《とうちゃく》した時、こっそり抜《ぬ》け出してきちゃいました」

「どうしてそんなことを……?」

「いやぁ、自分でも正直わからないんですけど……。なんていうんでしょうか?　やっぱりカルシュ騎士団長みたいに、ヴォルグの人たちをないがしろにするのはちょっとよくないかなぁ、なんて思いまして……。それで冒険者ギルドに行ったら、皆《みな》さんが下水道に向かうという話を聞きまして、お力になれたらと……」

「そうか……。ミリル。来てくれてありがとう」

「いえいえとんでもない！　ツカサ様のお役に立てるならたとえ火の中下水の中っすよ！」

どんと胸を張るミリルに改めてたずねる。

「それで？　別の道から下水道に行けるっていうのは本当なのか？」

「はいっす！　基本的に下水道に繋がる水路はどこも鉄柵がしてあって入れないようになってるんですけど、ここから北に行ったところに小さい水路がありまして、そこの鉄柵が壊れてるから修理をしてほしいって依頼《いらい》がちょうど来てたんです。一度見に行ったことがあるんですけど、人一人くらいなら余裕で通れるくらいの穴が空いてたんで、そこから下水道まで行けるっすよ！」

「よし。ならそこまで案内してくれるか？」

「もちろんです！　自分について来てください！」

こうして、俺たちは騎士団とは別の道から下水道へと向かうことになった。

第二十二話『騎士団と下水道』

タロウたちが下水道へ行くよりも少し前、騎士団はカルシュを先頭に、下水道入り口の前で整列していた。

カルシュは集まった騎士団の部下たちに淡々《たんたん》と指示を出す。

「これより創造神討伐作戦を開始する。相手は唯一神候補だけど、恐れることはないよ。聞いた話では、神鬼《しんき》は爆薬《ばくやく》で討伐することができたらしい。『神』などと仰々《ぎょうぎょう》しく呼ばれてはいるが、所詮《しょせん》は異世界の人間の魂《たましい》を持っただけの下等生物だ。決して人知を超《こ》えた不《ふ》可侵《かしん》の存在ではない。奴らの共通点は、全員が必ず命を持っているということ。つまり、死ぬということだ。だったらまず首をはねろ。次に心臓を潰《つぶ》せ。それでも死ななければ、死ぬまで殺せばいい。それだけだ。何も怯える必要はない。敵はただ、神の名を冠《かん》しただけのモンスターだ」

騎士団の一人がカルシュに進言する。

「さきほど、町の外で最近まではなかった大穴が発見されたそうです。そこには以前、例の犬の唯一神候補が討伐した新種のものと全く同じ足跡《あしあと》がありました。まだ調査は完了《かんりよう》しておりませんが、おそらくその大穴はここの下水道のどこかへ繋がっているものかと」

「そう。じゃあやっぱり、あの新種はこの町の下水道で創られ、外に放たれたと考えるのが妥当《だとう》だね。だとすれば、この中に創造神がいるのはほぼ確定かな」

話を聞いたカルシュは、騎士団全員に向き直り、改めて宣言する。

「この中に創造神がいる可能性は高まった。……さぁ、始めよう！　神殺しの始まりだ！」

おぉ！　と騎士団の威勢《いせい》のいい返事と共に、カルシュの指示でそのほとんどが下水道へと突入した。

◇　◇　◇

下水道の壁《かべ》に等間隔《とうかんかく》に埋《う》め込《こ》まれた鉱石が、ぞろぞろと奥へと進む騎士団の気配を察知し、ぼんやりと光を放つ。

天井《てんじよう》から滴《したた》った水が通路に溜《た》まり、騎士団が歩くたびにぴちゃぴちゃと騒々《そうぞう》しい音を立てた。

カルシュは後ろをついて来る部下を一瞥すると、はてと首を傾げた。

「そう言えばミリルくんはどこにいったのかな？　姿が見えないようだけど？」

となりを歩く騎士団の男が、振《ふ》り返って答えた。

「さぁ？　私は見ていませんけど、後方にいるのでは？　呼んできましょうか？」

「いや、いいよ。ちょっと気になっただけだから。それより、少し頭を下げた方がいいよ」

「はい？　どうして――」

騎士団の男がそう聞き返した途端《とたん》、前方の暗闇《くらやみ》から黒い影が、その男の頭部めがけて飛び込んできた。

だが、黒い影は男の頭まで到達《とうたつ》する前に、カルシュが抜いた剣《けん》に貫かれてしまい、その動きを停止させた。

男はカルシュの剣に貫かれた黒い影をようやく認識《にんしき》すると、その異形の姿に思わず退《しりぞ》いてしまう。

「うわっ！　な、な、なんですかこのモンスターは！」

カルシュの剣に貫かれている生物は、顔はゴブリンによく似ているが、本来あるべき小人のような体は存在せず、代わりにクモのような丸みを帯びた小さい体に、鋭《するど》く尖《とが》った足が何本を生えていた。

その異様ともいえる姿をしたモンスターに部下たちがどよめく中、カルシュはそれをまじまじと興味深そうに眺《なが》めた。

「ふぅん。ゴブリンと『レッドスパイダー』のキメラかな？　ゴブリンが持つ《暗視》スキルと、レッドスパイダーの素早《すばや》さの特徴《とくちょう》を持ってるみたいだね。けど、耐久性《たいきゅうせい》には欠けるし、毒も持ってないようだからそれほど警戒《けいかい》する必要はないかな」

カルシュが剣を振ると、刺《さ》さっていたキメラはベチャッと石壁《いしかべ》にぶつかり、その死骸《しがい》が足元に転がった。

「あ、その死体はあとで回収しといてね。創造神の情報はレアだから」

「はっ。承知いたしました」

「あぁ……。ごめん。やっぱ今のなしで」

「はい？　どうかしたのですか？」

「いや、同じキメラは一体いればいいからさ。あとで状態のいいやつを選別して持ち帰ろう」

「と言いますと……？　――なっ⁉」

カルシュがずっと前方の暗闇を見ていることに気づき、騎士団の男もそれに倣ってそちらを注視する。

　すると、その暗闇の中に、たった今討伐したゴブリンとレッドスパイダーのキメラが無数に蔓延《はびこ》っているのを発見した。

「うおっ！　す、すごい数だ！」

「これは、ここに創造神が潜んでるのは確定っぽいね」

「ど、どうしますか？」

「どうしますかって……。全部討伐して進むしか選択肢《せんたくし》ないでしょ？」

「は、はっ！　全員武器を持て！　一匹《ぴき》残らず討伐するんだ！」

「はっ！」

　男の号令に従い、後方に控《ひか》えていた騎士団の連中が武器を握り、次々とキメラへ特攻《とっこう》していく。

　そうして周囲をキメラの死体で埋め尽くしながら、騎士団は着々と奥へ進み、やがてカルシュは一枚の両開きの扉の前で足を止めた。

　カルシュの様子に、騎士団の男がたずねる。

「カルシュ騎士団長、どうかされましたか？」

「この扉の向こうって何があるんだろう？」

「そこは、えっと……地図によると古くなって使えなくなった浄水装置《じょうすい》や、その他廃品《はいひん》などを一時的に保管する部屋として利用されているようです」

「ふ～ん。じゃあどうしてこの中から、機械の駆動音《くどうおん》が聞こえてくるのかな？」

「はい？」

カルシュに言われ、騎士団の男も耳を澄《す》ますと、たしかに何か重厚《じゅうこう》な金属音が一定のリズムで耳に届いた。

「た、たしかに……」

カルシュは扉に手をかけ、部下たちに注意を促《うなが》した。

「全員武器を構えて」

「はっ！」

カルシュは扉を勢いよく開き、すぐに持っていた剣を構えて中を注視すると、そこにいた生物が放つ禍々《まがまが》しさに思わず冷《ひ》や汗《あせ》を流した。

「な、なんだ、こいつは――」

◇　◇　◇

カルシュたちが下水道へ突入してからしばらくして、ミリルの案内で俺《おれ》たちも別ルートから下水道への侵入《しんにゅう》を試みていた。

後ろをついてくるソフィアが情けない声を漏《も》らす。

「ちょ、ちょっと待ってくださいよ～、タロウ様ぁ」

「おいおい。だらしないぞソフィア」

「そ、そんなこと言ったって……こんな狭《せま》いところ通るなんて聞いてませんよぉ！」

ミリルの案内でやってきた下水道へ繋がっている別の道というのが、人が四《よ》つん這《ば》いになってようやく進めるほどの狭い道だった。

なので、俺以外の四人は全員、地面に膝をつきながら、数センチたまった水をジャバジャバとかき分けながら進んでいる。

だが俺はというと、元々この狭い道に体の大きさがジャストフィットしているため、なんの苦労もせずにトコトコ先陣《せんじん》を切って歩いていた。

「おぉい！　みんなペースが遅れてるぞぉ！　どうしたどうしたぁ！」

一番体の大きなツカサが、かったるそうに言う。

「くっ！　自分が小さい体だからって調子に乗って……あっ！　お尻《しり》のところが引っかかった！　あぁ、取れない！」

ツカサの真後ろを進んでいるエマが手を伸ばして、通路のちょっとしたでっぱりに引っかかっていたツカサのスカートをひょいとつまみ上げる。

「はい。これでなおった」

「す、すまない……。もうこんな狭いところ早く出よう」

「それと、ボクの位置からだとツカサちゃんのパンツが丸見え」

「早く進んでくれ、タロウ！　さっさとこんなところ出たい！」

珍《めず》らしく涙目《なみだめ》で弱音を吐《は》くツカサに急《せ》かされ、そそくさと歩を進めると、やがて人が歩けるほどの広さを持った通路へとたどり着いた。

どうやら人の気配を察知して作動する鉱石のようなものが壁に埋め込まれているらしく、辺りはぼんやりと光って見える。

「誰もいないな。……つーか消毒液と汚水《おすい》の臭《にお》いが混じってもう完全に鼻が利《き》かん」

俺より遅れて、のそのそと狭い通路から這《は》い出してきたソフィアが泥《どろ》だらけになった服をつまみながら言う。

「私今絶対臭いので、タロウ様の鼻が利かなくてよかったです……」

「ん？　どれどれ？」

「ぎゃあ⁉　ちょっと今嗅《か》ぐのやめてください！　マジではったおしますよ！」

「はったおされるのか……」

「ど、どうせ嗅ぐなら、せめてお風呂《ふろ》に入ってからに――」

「さぁ、みんな先を急ぐぞ。準備はできたか？」

「無視しないでくださいよぉ……」

第二十三話『柴犬《しばいぬ》と下水道』

続いてミリル、ツカサ、エマも狭い通路から抜け出すと、ほっと一息ついた。

ツカサはげっそりとした様子で、

「はぁ……。もう狭い道はたくさんだ……。さっさと奥へ進もう……。とは言っても、どっちに向かって進めばいいんだ？」

ツカサの言う通り、目の前の下水道は左右と前後、四方向に水路が伸びており、どこへ進めばいいのかはおろか、ここがどの辺りなのかもよくわからなかった。

ミリルは右へ伸びる道を指さしながら、

「え～っと、たしか以前チラッと確認《かくにん》した地図では、こっちに行くと下水道の奥へ進めるはず……だった気がするっす」

「随分《ずいぶん》あいまいだな……」

「う～ん……。こんなことなら一度地図を取りに騎士団本部へ戻った方がよかったかもしれないっすね」

「鼻も利かないし……。ミリルの記憶《きおく》を信じて進むしかないか……」

と、右の通路へ進もうとしていた時、ツカサはその場で足を止め、前方の道に目を凝《こ》らした。

「ちょっと待て。こっちに何か落ちてるぞ？」

「ん？　なんだなんだ？」

ツカサが、「あそこだ」と指さした先は暗闇しかなく、とても常人の視野で確認することはできなかった。

暗くて見えん……。

あっ、そうだ。あのスキルを忘れてた！

《暗視》発動！

《暗視》を発動したことで、周囲の景色が緑色に染まり、それまで暗くて目視することができなかった道の先までが鮮明《せんめい》に読み取れるようになった。

ツカサの言う通り、前方の道を進んだところ、通路の脇《わき》に小さな物体が転がっているのがわかる。

「たしかに何か落ちてるな。確認してみよう」

「うむ。気を抜くなよ」

そうして小さな物体まで近寄ると、横を歩いていたソフィアが、ひっ！　と小さな悲鳴を上げた。

「な、生首ですよ、それ！」

ソフィアの言う通り、落ちている小さな物体は一見するとゴブリンの生首のように見えた。

だが、首元には丸い胴体《どうたい》がついていて、そこからはクモと同じように八本の足が生えている。

ツカサがその死体を持ち上げると、胴体にある傷口から、ダラダラと紫色《むらさきいろ》の血液が地面に向かって滴り落ちた。

「どうやらこれもキメラのようだな。ゴブリンとクモ系のモンスターを繋ぎ合わせているらしい」

すかさず、エマが前のめりで補足する。

「その胴体はレッドスパイダー。足先が尖ってるのはたぶん『ハリ鳥』の尾《お》っぽ。ゴブリンの頭と胴体とを繋げるのに、アルミラージの太ももの筋肉が使われてる」

エマの言葉に、ツカサは、ほぉ、と感嘆《かんたん》の声を漏らし、掴《つか》んでいるキメラの体をまじまじと眺めた。

「そこまで詳細《しょうさい》にわかるのか。う〜む……。あたしにはさっぱりだ」

「前に見た大トカゲよりも完成度が高い。大きいのは創るのが難しい？　それとも創る技術が上がった？」

エマの推測に、俺もこくりと頷く。

「どちらの可能性も考えられるな。聞いた話だと例の大トカゲの被害が出始めたのは二ヶ月ほど前らしい。唯一神候補なら、それだけの時間があれば新しいスキルを手に入れているとも考えられる」

キメラについて考察していると、話に入ってこなかったソフィアが恐《おそ》る恐る前方の暗闇を指差した。

「あ、あの……もしかして、あれ全部キメラなんでしょうか？」

「あれ？」

ソフィアの指差した方を見ると、たった今発見したゴブリン顔のキメラが何十体、何百体もずらっと通路いっぱいにひしめき合っていた。

だが、それらはすべて斬《き》られたような傷がついており、すでに絶命しているようだ。

「同じ種類のキメラだな……。どうやらこいつは量産タイプらしい」

ツカサはキメラについている傷をじっくりと確認して言った。

「騎士団で支給される剣による傷だ」

「つまり、騎士団はこの死体の向こうに行ったってことか」

「だな」

「それにしては静かすぎる……。こいつらを討伐しながら進んだと考えれば、まだそこまで距離《きょり》は離《はな》れていないはずだが」

「何かあったのかもしれないな」

「最悪なのは、すでに騎士団が創造神と出会っていて、創造神が地上へ逃《に》げている場合だ」

ソフィアが心配そうに告げる。

「町の人たちの避難にはとても時間がかかりますからね……。混乱も起きるでしょうし、避難誘導に従わない人も出てきます。中には騒《さわ》ぎに乗じて犯罪に手を染める者も……」

その口ぶりから、ソフィアが三百年前に王女として住んでいた町、ヴィラルのことを思い出しているのだろうとすぐにわかった。

正義感の強いソフィアのことだ。きっと住民の避難を一番に考えたはず。

だが、ソフィアが《隔離時空《かくりじくう》》の魔法《まほう》が込められた部屋に入れられたということは、ソフィアだけでも後世に残そうとしたという意味で、すなわち、それ以外の大半はもう手遅《ておく》れだったということに他ならない。

その光景を目の前で見たソフィアは、きっと自分だけが生き残ることに強い罪悪感を覚えたことだろう。

願わくば、ソフィアもヴィラルと運命を共にしたいと思ったかもしれない。

だが、ソフィアは生きた。

三百年の孤独《こどく》を乗り越《こ》え、生き続けた。

「大丈夫《だいじょうぶ》だ、ソフィア。避難誘導にはカーラもレイナも、他の冒険者たちも協力してくれている。きっとみんな逃げられるさ」

俺が昔を思い出しているであろうソフィアのことを励《はげ》ましていると気づいたのか、ソフィアは優《やさ》しく微笑《ほほえ》むと、がばっと俺のことを抱《かか》え上げ、ぐりぐりと顔を押《お》し付けた。

「私を励ましてくれるんですね、タロウ様！　一生ついていきます！　スーハー！　あぁ、満たされるぅ！」

「せっかく励ましてるのに台無しにするな！　下ろせ！」

「いいじゃないですかぁ、もう少しだけ！」

「耳の裏を嗅ぐな！」

うんと体を反《そ》らしてソフィアの抱《だ》っこ攻撃《こうげき》から逃《のが》れると、すぐさまツカサの後ろに隠《かく》れた。

ソフィアはまだ物欲《ものほ》しそうにこちらを見つめている。

「あぁん。タロウ様のいけず～」

「うるさいっ！　早く行くぞ！」

「は～い……」

しょんぼりと肩《かた》を落としながらも歩を進めるソフィア。

俺たちも改めてキメラの死体の間を縫《ぬ》うように前へ進む。

その後しばらくキメラの死体を追って、下水道を右へ左へ曲がりながら歩いていると、一枚の両開きの扉にたどり着いた。

そして、そこに広がっている凄惨《せいさん》な光景に、思わず声を呑《の》み込んだ。

「な、なんだ……これは……」

ここへたどり着くまでにあった、山のように積み重ねられていたキメラの死体。それが今、すべて人間のものへと変わっていた。

通路に転がる、人、人、人。

体中に大穴が空いた者。両手を切断された者。頭をつぶされた者。

その死屍累々《ししるいるい》の光景に、ミリルは思わず腰《こし》が抜けて座《すわ》り込みそうになったが、ソフィアがそれを支えた。

「ミリルさん、大丈夫ですか！」

「み、みんな……死んで……嘘《うそ》……」

死体はすべて騎士団《きしだん》の人間のようで、全員がシンボルの純白のマントを身に着けている。きっと中には、ミリルにとって親しい人物もいるだろう。

ツカサが、ソフィアに支えられ、かろうじて立っているミリルの前に立つ。

「あまり見るな。毒になるぞ」

「ツカサ様……」

「あたしもかつて、大事な人を亡《な》くしたことがある」

きっと、ツカサがかつて騎士団に所属していた時に出会ったエリシャたち家族の話をしているのだろう。あの、カルシュに殺され、火を放たれたという……。

ツカサは続ける。

「どれだけ強く願っても、死んだ者は帰ってこない。今は、ミリルができることに集中しろ」

「自分に……できること……？」

「そうだ。今は気を抜いていい時じゃない。死者を弔《とむら》うのはすべてが終わってからだ。ミリルの仲間を殺した奴《やつ》はきっとまだ近くにいる。そいつを討伐《とうばつ》するまでは生きることに集中するんだ。わかったな？」

「……はい」

ツカサの言葉は正しい。

だが、この状況《じょうきょう》で正常でいられる人間などいはしない。

それでも、ツカサの言葉を聞いたミリルの目は、弱々しくもしっかりと前を見つめていた。

ツカサがミリルから離れたところで、こっそりとツカサに耳打ちする。

「ツカサ。お前は平気か？」

「何がだ？」

「……以前騎士団にいたんだろ？　だったらいるんじゃないのか？　……あの中に、お前の知り合いも」

「……あぁ。そうだな。見知った顔も多い。中には友人と呼べる者もいる。……だが、今は悲しんでいる時ではない。そうだろう？」

「あ、あぁ……その通りだが……」

その淡々としたツカサの言動が、まるで悲しむことを恐れて目を瞑《つぶ》っている少女のように見えた。

お前はずっとそうやって、自分を殺し続けて前に進むのか?

ツカサはいつもと変わらない様子で、転がっている死体の山一つ一つに目を向けると、

「カルシュの姿はないようだが……。もしかして扉の中にいるのか?」

俺も死体の顔をざっと確認してみるが、たしかにカルシュはここにはいないようだった。

「ま、この状況で中に入らないわけにもいかないしな」

第二十四話『柴犬と混沌《こんとん》』

鼻は下水道の臭いであまり利かないが、耳をそばだててみると何やら中からブゥンという聞きなれない重低音が聞こえてくる。

「下水処理の機械でも置いてあるのか？」

ツカサが緊張《きんちょう》した面持《おもも》ちで扉《とびら》を押し開き、俺も何が出てきてもいつでも飛び出せるように構えていた。

だが開かれた扉の向こうには、思いもしない光景が広がっていた。

「まさか、これは……大トカゲ？」

目の前にはあるのは、緑色の培養液《ばいようえき》らしき液体で満たされたいくつもの巨大水槽《きょだいすいそう》。

その中には、大きさはまだまだ小さいが、以前崖下《がけした》で討伐した大トカゲ、鉱殻蜥蜴《ラピス・リザード》や、馬車で川へ突《つ》き落としたアクスオークが、丸まった状態で眠《ねむ》ったように浮《う》かんでいる。

培養液は他にもずらっと奥《おく》まで連なっており、そのすべてに見たこともないキメラが保管されていた。

「どうやらここは……創造神のキメラ製造工場らしいな」

ツカサは青ざめた顔で培養液を見回した。

「いったいここに何体のキメラがいるんだ……。こいつらが全部動き出すと、ヴォルグは壊滅《かいめつ》するぞ……」

すかさず、エマが培養液に両手を当て、中に浮かんでいるキメラをじっくりと観察する。

「ここにいるキメラは全部、未完成」

「なに？　それは本当か？」

「うん。この状態で外に出ても、自分で歩くこともできない」

エマの言葉に、俺も納得《なっとく》した。

「他の培養液も、キメラ本体に比べて水槽が異様にデカいのは、おそらくキメラの体がその水槽に合った大きさまで成長する予定なんだろう。だったらまだ時間はある。こいつらがどの程度の早さで成長するかはわからんが、今はこいつらよりも創造神を見つけることが先決――」

俺の言葉を遮《さえぎ》るように、部屋の奥にある水槽がガシャンッ、と音を立てて割れると、その中に溜まっていた培養液があふれ出し、外気にさらされた小さなキメラは苦しそうに身もだえした後、そのまま絶命した。

水槽が割れた原因はどうやらカルシュがどこかから突っ込んできたせいらしく、ガラスが割れ、空っぽになった水槽から培養液塗《ばいようえきまみ》れのカルシュが姿を現した。

カルシュが剣を抜いているのに気付いたツカサが思わず声をかける。

「カルシュ！　創造神を見つけたのか⁉」

カルシュは顔についた培養液を腕《うで》で拭《ぬぐ》うと、ツカサの方は見ず、前を睨《にら》みつけながら答えた。

「やぁ、ツカサくん。君たちも来たんだね。連れてきた部下がみんな死んじゃって、ちょうど犬の手でも借りたいと思ってたところなんだ」

「まさか……お前が苦戦するほどの相手なのか？」

「あはは。随分俺《ずいぶんおれ》を高く評価して——くっ！」

真っ黒な槍《やり》状の何かが伸《の》びてくると、カルシュは器用にそれを剣で受け流し、前転して俺たちの前に来るように敵から距離を取った。

真っ黒な槍が伸びてきた方を見てみると、そこにはカルシュと同じく、騎士団の純白のマントを羽織った男の姿があり、その手が黒い槍状に変化して伸びているらしかった。

だが、どう見てもその男はすでにこと切れており、胸に空いた大きな傷口からは真っ赤な目がぎょろりとこちらを向いている。

カルシュは困ったように言う。

「最初、あれはただの真っ黒な球体だった。だけど、俺の部下を殺した直後、その死体の中に入り、攻撃をしかけてきた。あの赤い目が弱点のようだけど、奴が死体を操《あやつ》っている状態で潰してもすぐに別の部位から再出現するから効果がない。だが先に操っている死体の方をある程度損壊《そんかい》させると、黒い球体として再び姿を現す。その状態だと急に逃げに徹《てっ》することから考えて、おそらく球体の状態であの目に攻撃すれば倒《たお》せるんだろうけど……。どうにもここには死体が多すぎてね……。すぐに次の死体に乗り換《か》えられ続けて困ってたんだ」

ツカサもクナイを抜き、近づいてくる敵に身構える。

「奴が創造神……すべての元凶《げんきょう》か」

「うん。かなり強いから気を付けて。それと、操ってる死体の能力はそのまま使えるみたいだから」

「なるほど。厄介《やっかい》だな」

そんな二人の会話に、俺はたった今把握《はあく》したばかりの真実を告げる。

「あー……。水をさすようで悪いが、アレ、創造神じゃないっぽいぞ？」

いつもは飄々《ひょうひょう》としているカルシュも、さすがに目を見開いて驚《おど》ろいた表情を浮かべる。

「なっ⁉　そんな馬鹿な！」

だが、俺の目にははっきりと敵の情報が表示されていた。

◇◆◆◇◆◆◇◆◆◇◆◆◇◆◆◇◆◆◇◆◆◇◆◆◇

『混沌《カオス》』

体力：不明
筋力：不明
耐久《たいきゅう》：不明
俊敏《しゅんびん》：不明
魔力《まりょく》：不明

※《注意》唯一《ゆいいつ》神候補の分裂《ぶんれつ》体※

◇◆◆◇◆◆◇◆◆◇◆◆◇◆◆◇◆◆◇◆◆◇◆◆◇

「アレの名前はカオス。詳《くわ》しいことはわからんが、唯一神候補の分裂体……つまり、あいつも他のキメラと同様、創造神が創り出した存在だってことだ」

ヘイトスから聞いた話では、創造神は既存《きそん》のモンスターをかけあわせる能力の他に、自在に生み出すこともできると言っていた。

分裂体という注意書きからして、おそらく目の前にいるカオスというのがそれにあたるのだろう。

カルシュはどこか呆《あき》れたように鼻で笑うと、

「創造神はあいつよりも弱いことを願うよ」

ツカサは両手にクナイを構え、カオスが操る死体の足元へ体を滑《すべ》り込ませると、そのまま両足首を切断した。

直後、カオスがバランスを崩《くず》した瞬間《しゅんかん》を狙《ねら》い、カルシュが大きく一歩踏《ふ》み出して剣先《けんさき》で心臓を捉《とら》えようとする。

だが、黒い棘《とげ》が死体の腹を破って飛び出してきて、カルシュの剣を弾《はじ》く。

すかさず、両足首を切断したばかりのツカサが体を捻《ひね》り、カオスが操る死体の背中へ一気にクナイを押し込んだ。

クナイは見事心臓を捉えており、本来ならば絶命している攻撃だが、カオスは一切怯《いっさいひる》まなかった。

カオスは切断された足首でうまくバランスを取ると、両手の関節を逆に曲げ、心臓にクナイを突き立てているツカサの手を掴んで逃げられないようにし、頭部をぐいっとツカサに向かって近づける。

「なにっ⁉」

カオスの操る死体の大きく開いた口からは、円状になっていくつもの黒い牙《きば》が生え、それがツカサに頭から食《く》らいつこうとギチギチと耳障《みみざわ》りな音を立てて振動《しんどう》する。

「《狼の大口《ネメシス・アギト》》！」

カオスの無数に生えた黒い牙がツカサに届く寸前、俺の足元からフェンリルの巨大《きょだい》な頭部が出現すると、操られている騎士団の死体ごと、カオスの上半身を一口に噛《か》みちぎった。

その場に残っているのは、足首を失って尚仁王立《なおにおうだ》ちするカオスの下半身。

「死んだ、のか……？」

第二十五話『柴犬と致命傷《ちめいしょう》』

カルシュがうんざりするようにぼやく。

「いいや、だめだよ。少しでも肉片《にくへん》が残っていると、そこから本体が生み出されるんだ」

仁王立ちする下半身の上部から、うねうねと半液状化した黒い物体が出てきたかと思うと、それは赤い目をすばしっこく動かしながら、ポン、と死体から飛び出した。

カルシュが慌《あわ》てた様子で吠《ほ》える。

「ここだ！　この瞬間を狙うんだ！」

カルシュの指示にツカサがいち早く反応し、球状に変化し、宙に浮かんでいるカオスの本体にある眼球に向けてクナイを投げる。

だが、眼球は黒い球体の体表を俊敏に動き回り、クナイは眼球には当たらず、カオスの黒い部分にぶつかると、ガキンッ、と金属音を響《ひび》かせ、弾かれてしまった。

直後、カルシュの剣《けん》が青色の光を放つと、カオスの黒い球体の周囲をぐるりと囲むように、光で出来た剣先がいくつも出現した。

カルシュは力強く宣言し、構えていた剣を突き出す。

「《封殺剣《シエル・バインド》》！」

カルシュの剣の動きと同調し、カオスの周囲に浮かんでいた光で出来た剣先が一斉《いっせい》に襲《おそ》い掛《か》かる。

だが、すべての剣先がカオスを捉えるほんの一瞬《いっしゅん》、それまであった赤い眼球が完全に姿を消し、球体の黒い部分にぶつかった光の剣はすべて残らず弾かれてしまった。

直後、何事もなかったようにカオスの赤い眼球が再びその体に出現する。

カルシュは苦虫を噛み潰《つぶ》したようにぼやく。

「ちっ。一瞬なら完全に目を隠せるのか」

カオスが機敏《きびん》に宙を飛び、近くに転がっている死体へ接触《せっしょく》しようとした時、俺はその間に体を割《わ》り込《こ》ませた。

「《狼の大口《ネメシス・アギト》》！」

再び足元の影《かげ》から出現する巨大なフェンリルの頭部。

「少しでも肉体が残ってればそこから再生するっていうなら、全部丸飲みにしちまえば問題ないだろ！」

そのままバスケットボールほどの大きさのカオスをフェンリルの口の中に収めようと試

みるも、敵は小さな体でスッと牙の間を抜け、俺の攻撃は難なく避《よ》けられてしまった。

カルシュは苦笑いしながら、

「そんな大ぶりな攻撃、あの状態の敵には当たらないと思うよ？」

「ぐぬぬ！　こしゃくな！」

俺の攻撃をすり抜けたカオスは、そのまま死体と接触したかと思えば、その中にすぅっと融《と》けるように入り込んだ。

すると、死体の頭部に空いた傷口から赤い眼球がぎょろりと出現し、それまで沈黙《ちんもく》していた死体は近くにあった剣を振《ふ》り上げ、俺に向かって突進《とっしん》してきた。

「《爪撃《そうげき》》！」

両前足の前方に魔力が集中し、真っ赤に染まった巨大な爪が出現する。

それを突進してきた死体目《め》掛《が》けて振ると、爪は斬撃へと変化し、敵の体を交差するように切り裂《さ》いた。

しかし、カオスは深手を負ったその体をすぐに捨て、こちらが追撃《ついげき》する暇《ひま》もなく新たな死体へと乗り移ってしまった。

「くそっ！　これじゃキリがないぞ！」

ジリ貧《ひん》に陥《おちい》っていた俺に、ソフィアが耳打ちする。

「タロウ様。敵をもう一度あの球体の形に変化させることはできますか？」

「何か策があるのか？」

「はい。私が魔法で一瞬だけ敵に隙《すき》を作ります。その瞬間、タロウ様の《狼の大口《ネメシス・アギト》》で仕《し》留《と》めてください」

「できるのか？　魔法の詳細は？」

「詳しく説明してる時間はありません。とにかく、私が魔法を使う瞬間、タロウ様は目を閉じていてください」

「わかった。任せたぞ」

　ソフィアの言葉を信じ、一気に敵の懐《ふところ》に飛び込み、最も大きな的である腹部を狙ってスキルを放つ。

「《爪撃》！」

　俺が放った斬撃は、カオスが操る死体が両手でガードしたことで胴体までは届かない。だが、ガードした両腕《りょううで》はそれぞれ三等分に分割《ぶんかつ》され、次の攻撃を同じ手段で防ぐことはできなくなった。

　もう一度《爪撃》を繰《く》り出そうとしたが、死体の両脇腹《りょうわきばら》から真っ黒な二本の腕が新たに生え、それが俺の体を押さえ込もうと襲い掛かる。

「ちっ！　なんでもありか、こいつ！」

一度後方へ飛び退《の》いて黒い腕を避けた後、着地と同時に次のスキルを発動した。

「《瞬光《しゅんこう》》！」

着地した瞬間、体が弾丸《だんがん》のような速さで前方へ打ち出されると、全身から炎《ほのお》の鎧《よろい》が噴《ふ》き出し、その勢いのままカオスが操っている死体の腹にどデカい穴を空けた。

俺《おれ》はというとそのまま部屋の壁《かべ》に穴を空け、下水道の通路の壁に思い切り頭から突っ込んでようやく停止することができた。

口の中に入った石の欠片《かけら》をぺっぺっと吐き出し、

「このスキルは相変わらず力の加減がわからん……こんな狭《せま》いところで使うんじゃなかった……」

だが、一応カオスが操る死体に致命的《ちめいてき》なダメージを与《あた》えることには成功したらしく、たった今死体の腹に空けた大穴からうねうねと黒い半液状化した物体が出てきて集まったかと思うと、それは球状に変化して死体から離れて宙に浮かび上がった。

その隙を見逃《みのが》さず、ソフィアが両手を前に突き出す。

「《聖閃光《グリント》》！」

ソフィアが魔法名を詠唱《えいしょう》した直後、突き出していた両手の前方を中心にして、激しい閃光が迸《ほとばし》る。

それを間近で目にしたカルシュたちは、突然《とつぜん》の閃光に面喰《めんく》らい、咄嗟《とっさ》に両目を押さえた。

俺は事前に言われていた通り、ソフィアが魔法を使用するタイミングで目を瞑ったため、瞼越《まぶたご》しに強い光が周囲に拡散するのを感じた。

ソフィアが新しく覚えた魔法ってのは、目つぶしの魔法なのか！

閃光が収まった直後、その場にいるほとんどの者が一時的に視界を奪《うば》われる中、目を瞑っていた俺はすぐに行動を起こすことに成功した。

黒い球体に変化しているカオスも、ソフィアが放った目つぶしの魔法をモロに食らっており、目を回してその場に停滞《ていたい》を余儀《よぎ》なくされている。

よし！　今がチャンスだ！　ここで決める！

《狼の大口《ネメシス・アギト》》をカオスに放つ直前、ありえない光景を視界の端《はし》で捉えた。

今までエマとソフィアのそばにいたミリルが、突然腰《とつぜんこし》に下げていた剣を引き抜き、ソフィア目掛けて勢いよく突き出したのだ。

「なっ――!?」

ミリルのその予想外の行動に、俺は《狼の大口《ネメシス・アギト》》を放つのを中断し、咄嗟に庇《かば》うようにソフィアに覆《おお》いかぶさった。

ミリルの突き出した剣の冷たさが、激痛を伴《ともな》って脇腹《わきばら》から体内へと侵入《しんにゅう》してくる。

ぶつぶつと内臓を切り裂かれる感触《かんしょく》と、それに伴って激しい嘔吐《おうと》感を引き起こし、口から大量の血液が噴出《ふんしゅつ》する。

それとほぼ同時に、ミリルの背中から青黒い蜘蛛《くも》の足のようなものが伸び、やや離れたところにいたカルシュを捉えようとしたが、カルシュは閃光でぼやけた視界の中、咄嗟にその攻撃の軌道《きどう》を剣で逸らした。

それでも、予想外のミリルからの攻撃に対処しきれず、いなしたはずの蜘蛛の足はカルシュの太ももを軽々と貫通《かんつう》してしまった。

俺は意識を失う直前、ミリルの目がどんよりと黒く染まっており、その背後に、まるで幽霊《ゆうれい》のように不気味にほくそ笑《え》む見知らぬ女がいたのをはっきりと目撃《もくげき》した。

第二十六話『カルシュと創造神』

ソフィアの手から突然放たれた閃光に視界を奪われていたツカサが、ようやく正常通りに周囲の様子を見られるようになると、そこにはミリルの剣で心臓を深々と貫《つらぬ》かれているタロウの姿があった。

その状況を正しく脳が処理できず、ツカサがフリーズしていると、ソフィアの金切り声が辺りに響いた。

「タロウ様ぁぁぁ！　あぁ、そんな！　私を庇って……」

どさっと地面に転がるタロウ。ぴくりとも動かない。

そしてミリルの背中から伸びた蜘蛛の足は、カルシュの太ももに深々と突き刺《さ》さっている。

ツカサはその異形の足がミリルの背中から生えているというありえない事実に、生唾《なまつば》を飲《の》み込んだ。

「なんだ、これは……」

カルシュに突き刺さっていた足が乱暴に引っこ抜かれると、太ももに大穴が空いたカルシュはさすがに片膝《かたひざ》をついてしまった。

「くっ。ちょっと油断しちゃったね……」

間を置かず、ミリルは倒れているタロウに向かってもう一度剣を突き立てようとする。

「ミリル！　やめろ！」

咄嗟のことでミリルの顔にまっすぐにクナイを投げ飛ばしてから、ツカサはミリルに向かってクナイを投げてしまったことを後悔《こうかい》した。

だが、ツカサの予想に反し、ミリルはまるで繰り人形がだらりと後ろに仰《の》け反《ぞ》るような異様とも言える動きでクナイを回避《かいひ》すると、そのままスタッと後方へ飛び退いた。

「タロウ様！　しっかりしてください！　今助けます！」

地面に這《は》いつくばり、動かなくなったタロウの傷を必死で押さえ、治癒魔法《ちゆまほう》を発動しようとするソフィア。

ミリルがソフィアの髪《かみ》を鷲掴《わしづか》みにし、それを阻《はば》んだ。

ソフィアは苦悶《くもん》の表情を浮かべる。

「くっ！　や、やめてくださいミリルさん！　一刻も早くタロウ様を治癒魔法で治療《ちりょう》しないと、手遅《ておく》れになってしまうんです！」

ソフィアのその言葉に、ミリルは首からぶら下げている十字架《じゅうじか》を手にもってほくそ笑む。

よく見れば、何故《なぜ》だかその十字架はほんのり光を放っていた。

ミリルは普段《ふだん》の口調とは明らかに違《ちが》う喋《しゃべ》り方《かた》で言葉を紡《つむ》ぐ。

「へぇ～。あんたなにぃ？　治癒魔法まで使えんの？　ふぅん。さっすが『カミガカリ』ね。けど、その犬はさすがにもう死ぬわよぉ？」

カミガカリ、という聞きなれない単語に、ツカサは眉《まゆ》を顰《ひそ》める。

「カミガカリ……？　なんのことだ？　……そもそもその話し方、ミリル、お前はいったい……？　ん？」

改めてミリルの姿を認識《にんしき》したツカサは、その目が真っ黒に染まっているのと、ミリルのすぐ後ろに、まるで浮遊霊《ふゆうれい》のように髪の長い、青白い肌《はだ》をした女の上半身がくっついているのに気が付いた。その女の上半身は、どうやらミリルの背中から生えているらしい。

「お前は……誰《だれ》だ？」

ミリルの口と女の口が連動して言葉を発する。

「あらあらぁ。誰だとは随分《ずいぶん》ねぇ～。あなたたち、ずぅ～っと私のこと捜《さが》してたじゃないの」

「……まさか」

「そう！　そのまさか！　私こそが、万物《ばんぶつ》を創り出し、意のままに操る絶対の神、創造神、ビシュー・チェパリンよ」

自分のことを創造神と名乗る女の出現。そして、明らかにその女に体を乗っ取られているミリル。

何もかもが予想外の展開に、ツカサの思考は追いつかなくなっていた。

だが、創造神ビシューの口から出たカミガカリという聞き慣れた単語に、ソフィアだけが冷静に状況を分析《ぶんせき》し始める。

（創造神は私のことをカミガカリと言った……。それは、私が供物《くもつ》となり、フェンリル様にこの身を捧《ささ》げることで覚醒《かくせい》を促《うなが》すことができる、ヴィヴィラドル家と一部の者しか知りえない事実。どうして創造神がそれを知っているのかはわかりませんが、創造神の狙いが私であることだけは明白！）

ソフィアは創造神に操られたミリルに髪を掴《つか》まれながら、

「あなたの目的は……カミガカリの力を持つ私でしょう？　だったら他の人には手を出さないでください！」

創造神は気だるそうに答える。

「手を出さないでって……。向こうはやる気満々じゃなぁい？　まぁ、ヴォルグであの犬

コロを見つけた時は、暇つぶしに殺しとこうと思ってぇ、トカゲちゃんとかで奇襲《きしゅう》したりしてたんだけどぉ～。けどカミガカリも見つけたし、正直他《ほか》はどうでもいいのよねぇ～」

「どこで私のことを……カミガカリのことを知ったんですか？」

「う～ん……。まぁ、どうせ殺すし、言っちゃっていいか。うちのボスがね、カミガカリを探してたのよぉ～。これ、そのレーダー。近くでカミガカリの能力を持った人間が魔法《まほう》を使うと反応するようにできてるんだってさぁ～。すごいでしょ～？」

ミリルは首にぶら下がっている十字架を自慢《じまん》げに見せびらかした。

その表情に、すでに普段のミリルの面影《おもかげ》は一切《いっさい》ない。

創造神は続ける。

「カミガカリを見つけるために、このミリルって子の体に入り込んでたんだけど、中々見つからなくて骨が折れたわ～」

「ミリルさんは無事なんですか⁉」

「今は無事だけどぉ、もしも私を倒したいのなら、まずはこの子を殺さないといけないわよぉ？　私が創ったカオスちゃんと同じでぇ、私も他人の中にいる限り、本体は絶対にダメージを受けないようにできてるからねぇ～。……けど、この子ちょっと抜けてるわよねぇ？　私がこうやって表に出てる時、この子は必ず意識を失うんだけど、体が乗っ取られてることに全然気づいてなかったしぃ〜」

「ミリルさんを殺す……？　そんなこと、できるわけ……」

「じゃあ私は倒せないわよぉ。諦めなさぁい」

全員が呆気《あっけ》にとられる中、ソフィアの頬《ほお》を剣の刃《は》が掠《かす》め、迷いなくミリルの顔面へと突き出される。

その行動を取った人物はカルシュだった。

カルシュは太ももから大量の血液を流し、額にべったりと汗《あせ》を滲《にじ》ませつつも、殺気のこもった瞳《ひとみ》で敵を睨みつけている。

「騎士団は全員、いつでも死ぬ覚悟《かくご》ができているんだよ。それはミリルくんも同じだ。正義のためなら、彼女《かのじょ》は喜んでその命を捧げるだろう」

だが、カルシュが突き出したその剣の先端《せんたん》は、ミリルの歯によって受け止められていた。

ミリルはソフィアの髪から手を放すと、大きく後退する。

ミリルの後ろで、創造神ビシューが苛立《いらだ》ったように唇《くちびる》を噛んだ。

「普通《ふつう》迷いなく仲間を殺そうとするぅ〜？　頭おかしいんじゃないのぉ？　ていうか、その怪我《けが》で動けるのおかしくなぁい？」

「人間に歯で剣を止められたのは初めてだよ。どうやら、乗っ取った体の強化もできるようだね」

　ミリルの背中から合計二本のクモの足が生えると、それらは次々とカルシュへと振り下ろされる。

　カルシュはそのすべてを紙一重でいなし、さらに剣に魔力を込めた。

「《突殺剣《エンド・ロード》》！」

　剣から放たれる刺突攻撃《しとつこうげき》。その斬撃は魔力を帯び、針状となってミリルの心臓にまっすぐに飛んでいく。

　創造神がその攻撃《こうげき》を鼻で笑って、

「ふっ！　そんな攻撃、簡単に防御《ぼうぎょ》して――」

　ミリルの背中から新たに二本の腕が生えてくる。カオスのものと違い、黒い物質で構成されておらず、左右が異なるモンスターの腕で形成されている。

　そのツギハギの両腕が、飛んできた針状の斬撃を受け止めようとする。

　けれど斬撃は超高速《ちょうこうそく》で回転しており、止めようとした両腕はその回転に巻き込まれてしまい、あっという間に渦《うず》を巻くようにねじ切れてしまった。

「――ちっ。これはまずいわねぇ」

　創造神は防御を捨て、ミリルに回避行動を取らせるが、斬撃は予想以上に速く、残った二本の蜘蛛の足で斬撃の軌道を変えつつ、体を大きく仰け反らせることで、なんとか避けきることに成功した。

「はぁはぁ……。ったく、手こずらせるんじゃないわよ……」

カルシュは、回避に成功した創造神に感嘆《かんたん》の声を漏《も》らす。

「へぇ。あの体勢から避けられるんだ。すごいね」

カルシュと創造神の戦闘《せんとう》が始まる中、ツカサは新たな死体を操り始めたカオスに向かって武器を構え、タロウに《完全治癒《イモルテル》》を使用しているソフィアにたずねる。

「ソフィア、タロウの容態はどうだ？」

「傷は心臓にまで達しています。普通なら絶命してておかしくありません。ですが、私の魔力をすべて使ってでも必ず回復させてみせます！」

ツカサはソフィアのその様子に、タロウへの治癒が完了《かんりょう》するまではまだ時間がかかると予測した。

加えて、今は縮こまって目立たないようにしているエマにいつ矛先《ほこさき》が向いてもおかしくないこの状況に焦《あせ》りを覚える。

（エマを連れてきたのは失敗だったか……。こんなに死体が多いと、カオスを倒してもすぐ次の死体に隠《かく》れてこちらの体力を削《けず》られる一方だ……。カルシュは普通に戦っているように見えるが、あの傷はどう見ても致命傷。戦闘が長引けば、確実に全滅《ぜんめつ》する……）

次の一手を考えているツカサに、創造神と剣を交えるカルシュが指示を飛ばす。

「ツカサくん。一度撤退《てったい》して、タロウくんを復活させることを優先しよう」

「簡単に言うが、この状況《じょうきょう》で敵があたしたちを見逃してくれるはずがないだろう」

「あー。それなら心配ないよ。俺が創造神とカオスの両方を足止めするから。……と言っても、せいぜい数分が限度だけどね」

「なに……？　じゃあお前はどうする？　その足で逃《に》げられるのか？」

「いや、俺はもう死ぬから気にしないでいい」

「なっ⁉」

「実はもう、血を流し過ぎて視界の端がぼやけてきてるんだよねぇ……。あぁ、大丈夫《だいじょうぶ》。死んだあとはカオスに体を乗っ取られないよう、きちんと自分で処理しておくから」

「……本気なんだな？」

「もちろん。これが一番合理的な選択《せんたく》だよ」

「そうか……」

ツカサはこれまで、エリシャたち家族のことを思い出すたび、カルシュの無慈悲《むじひ》で合理的なその考え方を嫌悪《けんお》し続けてきた。

だがその非情な選択は、カルシュにとっての正義であるのだと、納得はできないまでも、理解するに至った。

そして、ツカサは決断する。

「ソフィア！　タロウをかつげ！　今すぐここを離脱《りだつ》する！　エマ、走れるか？」

それまで隅《すみ》っこで目立たないように物陰《ものかげ》で小さくなっていたエマも、ひょこっと顔を覗《のぞ》かせて大きく頷《うなず》いた。

「走れる！」

「よし！　行け！　とにかく一度地上を目指せ！」

エマと、タロウを背負ったソフィアが先に扉から逃げるのを見送ると、ツカサもすぐにそのあとに続く。

ツカサは最後に、ポツリと一言だけ残した。

「じゃあな、カルシュ」

「うん。バイバイ、ツカサくん」

そうして逃げたツカサたちを見て、創造神もすぐさまそちらに注意を向ける。

「あらあらぁ。逃がすわけないじゃなぁい」

そうして距離《きょり》を詰《つ》めようとする創造神の前に、息も絶え絶えのカルシュが立ちはだかる。

「悪いけど、ちょっと時間を稼《かせ》がせてもらうよ」

「はぁ……。ここでカミガカリを逃がすと私が怒《おこ》られちゃうんだけど……。まぁいいわぁ。相手してあげる。どうせ、あんたはもう死にかけだしねぇ」

第二十七話『ツカサは迎《むか》え撃《う》つ』

ツカサは創造神たちがいる場所から離《はな》れると、すぐにソフィアが抱《だ》いていたタロウを代わりに脇《わき》に抱《かか》え、先陣《せんじん》を切って下水道を進んだ。

そうして自分たちが下水道へ入ってきた狭い通路から地上へ出ると、そこはすでに、地《じ》獄《ごく》のような光景が広がっていた。

ゴブリンの体とクモの頭を持つキメラが、槍や剣、時には両手の異なるモンスターの大きな爪や、巨大な尻尾《しっぽ》を使い、冒険者《ぼうけんしゃ》たちと戦闘を繰り広げている。

その背後には火を放たれ、炎上《えんじょう》している建物がいくつも見受けられた。

「キメラがすでに地上に⁉　しかも、なんだこの数は……」

あとから追いついてきたソフィアとエマも、さっきまでとは打って変わってしまった町の様子にただただ茫然《ぼうぜん》として声も出せなかった。

目の前で、全身を鎧で覆った二メートルはある巨大な冒険者が、手に持っていたメイスを一振《ひとふ》りしてキメラを一掃《いっそう》すると、ツカサたちに気づいて声をかける。

「あ……あの……ももも、もしかして……『フェンリル教団』の人たち、ででで、ですか？」

その特徴的《とくちょうてき》な大きな鎧は、レイナが所属する『ムーン・シーカー』のメンバーの一人、ペティであった。

ペティの存在を認識したソフィアがすぐに反応する。

「ペティさん！　あの、私たち今下水道から戻《もど》ってきたばかりで……。どうしてこんなことになってるんですか⁉」

ペティはもじもじと恥《は》ずかしそうに、小さな声を震《ふる》わせて答える。

「えっと……その……ソフィアさんたちが下水道にもぐられてから……のの、残ったみんなで冒険者の人たちに声をかけて、住民の避難誘導《ひなんゆうどう》を開始したんですが……そそそ、その途中《とちゅう》で、下水道の一番大きな出入り口から、一斉に新種のモンスターたちが出てきたんです……。そそそ、それで私たちは、避難誘導組と、新種討伐《とうばつ》組に分かれて行動していました……」

この時、ソフィアはようやくエリザから聞いた神鬼《しんき》の言葉の意味を正しく理解した。

（神鬼はヴォルグに立ち寄ろうとした際、『この町は分が悪い』と言って避けた……。その理由は、この大量のキメラのせいだったんですね……）

改めて、ソフィアはペティに向き直る。

「一番大きな出入り口……というと、騎士団《きしだん》の方々が見張っていたところですね」

「そそそ、そうです……。けど、騎士団の人たちは、不意を突《つ》かれてほとんどが……」

「そうですか……」

一通り話し終えたところで、ペティはツカサが抱えている瀕死《ひんし》のタロウの存在に気づき、あわあわと慌て始めた。

「きゃあ！　すすす、すごい傷！　いったい下水道で何があったんですか⁉」

改めてタロウの傷を見て、ソフィアは申し訳なさそうに目を伏《ふ》せる。

「タロウ様は……私を庇ってこんな大怪我《おおけが》を……」

ツカサは抱えていたタロウをペティに渡《わた》すと、

「すまないが、タロウを安全な場所まで運んでくれ。ソフィアはタロウの回復を、エマは危ないからペティの近くを離れるな。あたしはこれから下水道の入り口へ行く。創造神もそこから外に出てくる可能性が高い」

ソフィアが慌ててツカサの提案を止めにかかる。

「ツカサさん一人で行くつもりですか⁉　危険です！」

「安心しろ。あたしはタロウが回復するまでの時間稼ぎだ。危なくなったらすぐにその場を離れる」

ツカサはソフィアの両肩《りょうかた》に手を置くと、真っすぐ目を見つめて言った。

「いいか、ソフィア。お前が落ち込んでいる暇はない。すべてはお前の治癒魔法にかかっているんだ。できるだけ早く、タロウを復活させてくれ。唯一神候補に対抗《たいこう》できるのは、同じ唯一神候補であるタロウだけだ。頼《たの》む」

ソフィアはまだタロウが怪我をしたことが自分の責任であると申し訳なさそうな表情を浮《う》かべていたが、ツカサのその言葉にようやく腹をくくり、大きく頷いた。

「わかりました。必ず、私がタロウ様の怪我を治癒《ちりょう》してみせます」

「あぁ。その意気だ」

そう言い残し、その場を離れようとしたツカサだったが、くいっと後ろからスカートの裾《すそ》を引っ張られ、何事かと足を止める。

「ん……？」

振り返ると、そこにはエマが真剣《しんけん》な表情で佇《たたず》んでいた。

「エマ？　どうした？」

エマは、意を決して言葉を紡ぐ。

「ボクも……ボクも、一緒《いっしょ》に行く。きっと役に立てるから」

「……やめておけ。さすがのあたしも、あいつらを相手しながらエマを守り通す自信はない。大人しく、ソフィアたちと一緒に――」

ツカサの言葉を、エマが遮《さえぎ》った。

「ボクは、ボクにしかできないことをする。守られてるだけじゃない」

エマはキメラの体の構造が理解でき、その弱点を見つけ出すことができる。

それがこの先の戦闘でどう役に立つかまだはわからない。

だが普段守られてばかりのエマにとって、その事実があるだけで、命を懸《か》けるには十分すぎた。

エマの覚悟を察したツカサは、その小さな頭にぽんと手をのせる。

「わかった。だが、気をつけろよ」

「うん！」

そうしてソフィアとペティに見送られ、ツカサとエマは下水道の出入り口まで急いだ。

◇　◇　◇

騎士団が見張りをしていた下水道の入り口に到着《とうちゃく》すると、そこにレイナと数人の冒険者がいて、すでに戦闘を終えたあとなのか、足元には複数のキメラの死体と、最初に襲われたであろう騎士団員の死体がいくつか転がっていた。

エマを引き連れたツカサがようやくそこへ到着すると、すぐさまレイナたちに指示を出す。

「疲《つか》れているところ悪いが、急いでそこにある死体をすべて離れた場所まで運んでくれ」

ツカサの声に、顔についたキメラの緑色の体液を手で拭《ぬぐ》いながら、レイナが首を傾《かし》げる。

「あら？　ツカサ？　下水道の中に行ったんじゃないの？　それに死体を移動させるっていうのはどういう意味？」

「下水道の中に、創造神が創り出した、死体を操《あやつ》るモンスターがいる。奴《やつ》らの狙《ねら》いはソフィアだ。きっともうすぐここから地上に出てくる」

「なっ⁉　死体を操る⁉　……本当に下水道に創造神がいたってだけでも驚《おどろ》きなのに……。けど、どうしてソフィアが狙われてるの？　タロウは？」

「詳《くわ》しいことはあたしもよくわからない。タロウは……今はソフィアについている。ペテイも一緒だ」

ツカサは、レイナを動揺《どうよう》させないため、タロウが瀕死の重傷を負わされたことは敢《あ》えて伝えなかった。

ツカサの言葉に、レイナは納得《なっとく》したように頷く。

「そう。ソフィアが敵に狙われてるのだとしたら、タロウはそっちについてた方がいいわね」

「あと、創造神はミリルの体を乗っ取って攻撃してくる。奴を倒《たお》すには、先にミリルを……」

「そう……。ミリルを助けたいのは山々だけど、いざとなれば私は、私と仲間の命を優先するわ」

「うむ……。そうだな。私もきっと、そうするだろう」

そしてレイナは、改めて周囲にいた冒険者にツカサの指示を伝えた。

「さぁ、みんな、聞いてたでしょ！　早く死体を見つからない場所へ移動させて！　それと、腕《うで》に自信のない冒険者もここから離れてちょうだい！　敵に殺された後、死体を利用されるわよ！」

そうしてツカサとレイナも手伝い、死体を下水道の入り口から遠ざけ終えると、ツカサは異様な気配が下水道から近づいてくるのを感じた。

「なにか、来る……」

それは探索《たんさく》スキルなどではなく、単なる勘《かん》のようなものだったが、レイナも同じ感覚を覚えたのか、ツカサと一緒に下水道を睨《にら》みつける。

「相当やばい気配ね……」

ザッ、ザッ、と地面を踏《ふ》みしめる音と、二つの人影《ひとかげ》がぼんやりとした輪郭《りんかく》を伴って近づいてくる。

ツカサはクナイを抜き、その場に残った冒険者たちに注意を促す。

「気をつけろ！　来るぞ！」

その直後、近づいてきた人影から何かが放り投げられるが、それは攻撃と言えるほどの威力《いりょく》はなく、投げられた何かはドサッと地面にバウンドすると、コロコロとツカサの足元まで転がってきた。

ツカサは足元に転がってきたそれを見て、ゴクリと唾《つば》を飲み込む。

「……カルシュ」

そこには綺麗《きれい》に一息で切断された、カルシュの頭部があった。

第二十八話『ツカサとカオス』

カルシュの無残な姿を見て、周囲の冒険者たちがざわざわと騒《さわ》ぎ出す。

「おい！　カルシュがやられてるぞ！」

「ふっ。いい気味だ」

「カルシュがやられるなんて、相手はどんだけ強ぇんだよ……」

そして、下水道から近づいてきた二つの輪郭は、ようやくツカサたちの前に姿を現した。

一つはミリルと、その後ろにいる創造神ビシューの上半身。

そしてもう一つは、頭部があるべき場所に黒い影《かげ》と、ぎょろりとこちらを睨むカオスの赤い眼球をつけた、カルシュの死体であった。

創造神がくすくすと嘲笑《ちょうしょう》するような笑みで言う。

「彼《かれ》も結構頑張《がんば》ったんだけどねぇ～。最初の一撃《いちげき》が致命傷《ちめいしょう》で、出血しすぎてそのうち目も見えなくなっちゃってねぇ～。最期《さいご》に自分で自分の首を斬《き》り落としたのには驚いたけどぉ、ざんねぇん。彼との戦闘でカオスちゃんのレベルが上がってねぇ～。首を斬り落とした死体でも使えるようになっちゃったのよぉ」

カルシュの死体を乗っとっている赤い眼球が、まっすぐツカサを睨みつける。

「ワレ、キョウテキヲモトム」

言語を介《かい》するようになったカオスが放つ殺気に、ツカサは愕然《がくぜん》とした。

（明らかに成長してる……。最早《もはや》、創造神よりもカオスの戦闘力《せんとうりょく》の方が高い！　これは大きな誤算だ！）

ツカサは敵から目を逸《そ》らさず、横にいるレイナに言う。

「レイナ。あたしはあっちの首のない方をやる。創造神の相手を頼んでいいか？　時間を稼いでくれれば必ずあとで加勢する。できるか？」

レイナはツカサのその提案を鼻で笑った。

「加勢？　何言ってるの？」

レイナが腰《こし》に下げていた剣《けん》を勢いよく抜《ぬ》くと、その炎の刀身がバチバチと火花を散らす。

「時間稼ぎなんてしない。創造神は私が討伐するわ。《炎の飛礫《フレア・レイン》》！」

直後、振《ふ》り下ろされた炎の剣からいくつもの火球が発射され、それが創造神に向かって急接近する。

その炎の攻撃に、創造神は飛んでくる炎の飛礫《つぶて》を珍《めずら》しそうに眺《なが》めた。

（へぇ～。魔法で生み出した炎の剣と、専用のスキルを掛《か》け合わせてるのねぇ。一朝一夕《いっちょういっせき》で出来るような芸当じゃないことは認めるけど、ちょっと速度が遅《おそ》いわねぇ）

創造神はそのままひょいっと難なく上空へ飛び退くと、その時にはすでに眼前までレイナが近づいていたので、目を見開いて驚いた。

（まさか⁉　一瞬《いっしゅん》で距離を詰められた⁉）

レイナは敵に態勢を立て直す隙《すき》も与えず、接近と同時に、再度鞘《さや》へ戻した剣を勢いよく引き抜いた。

「消し炭にしなさい。《炎々の秩序《イグニス・オーダー》》！」

灼熱《しやくねつ》の炎の剣が、下から上へと振り上げられる。

そこから放出される熱は周囲の景色を歪《ゆが》ませ、ためらいなくまっすぐにミリルの体を切断しようとする。

（攻撃に躊躇《ためら》いがない……。ちっ！　どいつもこいつも人間性をどこに置いてきたのよぉ！）

ミリルの背中から四本のキメラの腕が生え、炎の刀身を押さえ込《こ》もうとするが、それらは刀身に触《ふ》れる前に消し炭となり、吹《ふ》き飛ばされてしまう。

（だめ！　この程度のモンスターの腕じゃ耐《た》えきれない！　ええい！　だったら――）

次に、ミリルの背中から生えてきたのは深紅《しんく》に輝《かがや》く二枚の翼《つばさ》だった。

ミリルの体がその翼に包み込まれると、そこへレイナが振るった炎《ほのお》の剣が激しくぶつかった。

その瞬間《しゅんかん》、爆発音《ばくはつおん》が響《ひび》き、衝撃《しょうげき》で周囲が地響《じひび》きのように揺《ゆ》れ動く。

攻撃を終えたレイナは敵から距離を取り、舞《ま》い上がった土煙《つちけむり》を睨みつける。

しばらくして爆風《ばくふう》で舞い上がった土煙が収まると、たった今背中から生やした真っ赤な翼がボロボロに消し飛びながらも、ほとんど無傷のミリルの姿があった。

レイナは、致命傷を負わせられなかったという事実に思わず舌打ちをする。

「ちっ。今ので大したダメージも与《あた》えられないなんて……」

悔《くや》しがっているレイナを他所《よそ》に、ミリルの背中から生えた創造神自身はボロボロに焼き消えた翼を見て苛立ったように吠《ほ》えた。

「あんたぁぁ！　この『炎龍《えんりゅう》』の翼を手に入れるためにどれだけ苦労したと思ってんのよぉぉ！　だぁもう！　貴重なレア物が、こんなぁ……。あんただけは絶対に許さないからねぇ！」

創造神の怒声《どせい》に呼応するように、ミリルの背中からブクブクと紫色《むらさきいろ》の肉が盛り上がっていき、そのままミリルの体を埋《う》め尽《つ》くす。

そしてその膨《ふく》らみが止まった時、眼前には一匹《ぴき》の巨大《きよだい》な蜘蛛が鎮座《ちんざ》していた。

人間の女の形をした創造神ビシューが上半身から生えており、その胸の辺りには気を失ったミリアの体が取り込まれている。

さらに、蜘蛛の後ろについた大きな腹からは、様々なモンスターの腕が何本も生えており、まるで助けを乞《こ》うようにもがいていた。

その禍々《まがまが》しい姿に、レイナはゴクリと唾を飲み込む。

「これが、唯一神《ゆいいつしん》候補……。創造神の、真の姿……」

◇　◇　◇

時は少し戻り、創造神がレイナの放った火球を避《よ》けた直後、ツカサの体は突然《とつぜん》の衝撃に、大きく後方へと吹き飛ばされていた。

理由は簡単だ。ただ殴《なぐ》られたのだ。

カルシュの体を手に入れたカオスが振り下ろした拳《こぶし》は、カオスの本体と同様の黒い肉で

覆《おお》われている。

その拳の大きさは、通常の人間と比べると二倍以上にも膨れ上がっていた。

一息に接近し、拳を振り下ろしてきたカオスの攻撃を、すんでのところで両腕《りょううで》でガードしたツカサだったが、そのまま後方へ吹き飛ばされ、焼け落ちた民家の壁《かべ》をぶち破ってしまった。

ツカサはすぐさま体勢を立て直し、ゆっくりと近づいてくるカオスを睨みつける。

（一撃が重い！　先ほどまでとは別格だ！）

カオスはツカサとの距離を詰める中で、その全身を黒い皮膚《ひふ》でまとい、やがて赤い一つ目を持った巨人《きょじん》へと姿を変えた。

「ワレ、キョウテキヲモトム」

「はっ。まるで自分の力を試《ため》したがっている子どもだな」

カオスの姿が一瞬ぶれたと思うと、次の瞬間にはツカサの目の前で拳を振り上げていた。

ツカサもすかさずクナイを抜き、振り下ろされた拳を身をひるがえすようにして弾《はじ》き、そのままの勢いでカオスの足、心臓、腰を狙って連撃を入れるが、その黒い皮膚はクナイの攻撃ではビクともしなかった。

（なんという硬《かた》さだ！　傷一つつけられんとは……）

それでも、速度はツカサの方が圧倒的《あっとうてき》に速く、カオスの攻撃はすべて難なく避けられた。痺《しび》れを切らしたカオスが拳を握《にぎ》ると、その中から黒い刀身をした剣が瞬く間《またたくま》に生成される。

「《封殺剣《シエル・バインド》》」

カオスがスキル名を詠唱《えいしょう》した直後、ツカサの周囲に突如《とつじょ》として出現した青い光で出来た無数の剣先《けんさき》。それがすべて、中心にいるツカサに吸い寄せられるように集束する。

(これは――カルシュのスキル!?)

ツカサは体を回転させ、飛んでくる剣を回避し、どうしても回避できないものはクナイで弾《はじ》き飛ばした。

だがそれでも数本は弾き損《そこ》ねてしまい、致命傷は避けたものの、体中の皮膚が引き裂《さ》かれてしまった。

ツカサはその状態でも冷静に状況を分析し、使い慣れないカルシュのスキルを使用した後、カオスに僅《わず》かな隙が生まれているのを見逃《みのが》さなかった。

体中の傷から血液を飛ばしながら、体を回転させ、遠心力で攻撃力《こうげきりょく》を上昇《じょうしょう》させ、そのままの勢いで敵の頭部についている赤い眼球目掛《めが》けてクナイを振り下ろす。

見事にクナイの刃先《はさき》が赤い眼球を捉《とら》えることに成功するが、その直後、カオスの黒い皮膚でできた右肩《みぎかた》に、新たな赤い眼球が生成されてしまった。

（ちっ。やはり、性質は下水道にいた時と同じか。カルシュの死体を操《あやつ》っている限り、赤い目を破壊《はかい》しても意味がない。操っている死体を一度損傷させ、球状になって出てきたところを叩《たた》かなければ……。だが、硬く黒い皮膚が覆っているこの状態ではカルシュの死体を損傷させることは困難だ……。くそっ。厄介《やっかい》だな）

次の一手を考えるツカサに、カオスは首を傾げる。

「ナニヲカクシテル？」

「なんだと……？」

「オマエノミノコナシハ、アキラカニキョウシャノモノ。ダガ、コウゲキニハキヲカンジナイ。マダ、オクノテヲカクシテイルナ」

「………」

ツカサには、一つの懸念《けねん》があった。

それは、今も視界の奥《おく》で戦闘を続けているレイナたちのことだ。

（相手の言葉に乗せられるな。今は時間を稼ぐだけでいい。タロウが回復するのを、確認《かくにん》するまでは……）

「フム……。アクマデホンキヲダサナイツモリカ……。デアレバ――」

カオスは剣の刀身を前方に向けたまま手前に引くと、

「《突殺剣《エンド・ロード》》」

そうして魔力《まりょく》が集中した剣先が突き出された瞬間、その標的が自分ではなく、直線状にこちらを遠巻きに見つめている別の冒険者たちであることに気が付いた。

ツカサは慌《あわ》てて両手を地面につき、そこを起点に体をひねって勢いをつけ、剣を持ったカオスの腕を下から蹴《け》り上げる。

するとカオスの剣先から放たれた針状の魔力は、遠巻きに見ていた冒険者たちのやや上方へ逸れ、直撃《ちょくげき》を免《まぬが》れた。

今のツカサの行動を見ていた冒険者たちが、急に飛んできた針状の魔力に驚き、頭を抱えながら目を白黒させる。

「あ、あっぶねぇ！」

「今、ツカサが庇《かば》ってくれたように見えたが……」

「バカ言え！　あいつは元騎士団だぞ！　俺《おれ》たちを守るようなことするわけねぇだろ！」

カオスは人間の死体を乗り移るうち、そこに残った微《かす》かな記憶《きおく》を紡《つむ》ぎながら、人間というものを理解し始めていた。

だからこそ、目の前にいるツカサに本気を出させるには、無関係の第三者を傷つけることが手っ取り早いという結論に至ったのだ。

カオスはツカサの横を走り抜けると、すぐさま遠巻きに見ていた冒険者たちの目の前まで距離を詰めた。

狙われたのは腕に覚えのある冒険者だったが、咄嗟《とっさ》に剣を構えようとした時には、すでにカオスの黒い剣が自分の首元まで接近していた。

「――なっ⁉」

恐怖《きょうふ》する間もなく、ただただ一瞬で自分の命が刈《か》り取られることを察した冒険者だったが、カオスの黒剣が首の皮一枚を斬ったと同時に、すかさず割って入ったツカサが両手のクナイに体重を乗せ、攻撃を受け止めた。

ツカサのその行動に、カオスは赤い目を不気味に輝かせる。

「ヤハリ。コノテハユウコウダ。ハヤクホンキヲダセ」

カオスの言葉通り、ツカサにはまだ奥の手があったが、それを使用できないだけの理由が存在した。

（だめだ……。あたしのスキルは反動が大きすぎて、一度使用すればしばらく動けなくなる……。この状況で発動してしまえば、レイナたちに加勢できなくなる。どう戦局が動くかわからない今、ここであたしが戦線を離脱するわけにはいかない。……大丈夫。ここにいる冒険者を全員守りながらでも、あたしは戦える。まだ、このまま時間を稼げる。タロウが回復するまでは――）

ツカサにはツカサの戦い方がある。これまで何度も戦闘を経験してきたツカサだからこそ、自分自身のことは一番理解していた。

だが、ツカサは気づいてしまった。

カオスがすでに、目の前の冒険者たちではなく、誰《だれ》もいないはずの崩《くず》れた民家が立ち並んでいる方向を見つめていることに。

ツカサも、自然とカオスが何を見つめているのかを確認した。

そして、そこにいる三人の家族に目が留まる。

まだ小さな娘《むすめ》と、父親、母親。

逃げ遅《おく》れたのだろうか、火の手が上がる民家の間を、煤《すす》だらけになりながら安全な場所を求め、必死で走っている。

「ヨシ。アイツラモコロソウ」

カオスがそう言い放った瞬間、ツカサの目に映る三人の家族の姿は、かつてカルシュに殺されたエリシャたちの姿と重なって見えた。

周囲にいる冒険者だけならいざ知らず、非戦闘員三人を守ることは、自分のキャパシティーを超《こ》えている。

このままでは、すべてを守ることはできない。

だが同時にこの戦場で、最も場慣れしているのは自分であることも重々わかっていた。

そんな自分が途中で離脱するのは得策ではない。少々の犠牲《ぎせい》に目を瞑《つぶ》ってでも、自分は最後まで自由に動けている方が、結果的に多くの人の命が救える可能性が高い。

頭では、わかっている。

頭では――

「《奈落纏《ならくまとい》・紫電《しでん》》」

第二十九話『レイナと唯一神候補』

ツカサがその言葉を口にした直後、全身の魔力量が跳《は》ね上がり、濃縮《のうしゅく》された魔力は紫色の電気へと変化し、バチバチと火花を散らす。

ツカサの全身にまるで入《い》れ墨《ずみ》のような模様が浮かび上がり、体にまとわりつく紫色の雷《かみなり》は、手足で鋭《するど》い爪《つめ》のように形成される。

さらにツカサの長い髪《かみ》が電《いなずま》のようにうねり出し、全身に帯びている魔力同様、紫色へと変化した。

さっきまでツカサが放っていた殺気とは明らかに異質で、その姿を見ていたカオスは、いつの間にか自身の手が震えていることに気が付いた。

「コレハ……イッタイ……？」

それが恐怖という感情であることを、カオスはまだ理解できない。

ツカサはクナイを捨て、カオスににじり寄る。

「生きるために、血みどろになって特訓を繰《く》り返し、ようやくどんな武器でも扱《あつか》えるよう

にはなったが……実はな、あたしは武器を使っての戦闘《せんとう》はあまり得意ではないんだ」

「……ナン、ダト……？」

「あたしは生まれ持っての不器用なんでな」

「マサカ、オマエ、スデ――」

直後、ツカサが地面を蹴ると、まるで小さな爆発《ばくはつ》が起きたようにその地点に穴が空き、あっという間にカオスの懐《ふところ》へと飛び込んだ。

「ハヤイ⁉」

カオスは咄嗟に持っていた剣に魔力を集中させる。

「《封殺《シェル・》――」

カオスがカルシュから奪《うば》ったスキルを放とうとしたその瞬間、ツカサの腕が目にも留まらぬ速さで伸《の》びてくる。その腕は、今まで傷一つつけられなかったカオスの黒い皮膚を容易《たやす》く貫《つらぬ》き、その奥に眠《ねむ》っているカルシュの心臓を捉えた。

「バカナ……」

唐突《とうとつ》に訪《おとず》れた死の気配に、カオスは愕然とし、引き抜かれたツカサの腕によってぽっかりと空いた胸の穴を呆然《ぼうぜん》と見つめた。

「アリエナイ……コンナコト……ワレハ、ソウゾウシンサマノ……ドウシテ……コンナ……」

ツカサの瞳《ひとみ》には明らかな怒気《どき》がこもっている。

その時、カオスはようやく、ツカサに抱いた感情が、恐怖というものなのだということを理解した。

「お前の敗因は、あたしを怒らせたことだ」

直後、カオスは力なくその場に崩れ落ちた。

同時に、カオスの体内にあったカルシュの死体が致命的《ちめいてき》なダメージを負ったことで、カオスはそれ以上その死体の中にいられなくなり、自動的に球体へと変化する。

だが次に乗り移るべき死体も、その時間もなく、ツカサが体に纏《まと》った電気のような魔力に赤い眼球がほんの少し触れてしまうと、パンッ、と緑色の体液を噴《ふ》き出して弾け飛んでしまった。

一部始終をただ見ていることしかできなかった冒険者たちのうち、一人が恐《おそ》る恐る、ツカサにたずねる。

「お、おい……。どうして俺たちを助けたんだ。お前、元騎士団だろ？」

ツカサが全身に纏っていた魔力が次第《しだい》に弱くなり、皮膚に浮かんでいた模様も消えていく中、ツカサはその問いに当たり前のように返答する。

「人を助けるのに理由が必要なのか？」

そう告げた後、ツカサは気を失い、その場に倒れてしまった。

「おい！　大丈夫《だいじょうぶ》か、おい！」

◇　◇　◇

ツカサとカオスの戦いが終わった頃《ころ》、創造神とレイナは未《いま》だに戦闘を継続《けいぞく》していた。

創造神は今や人間の姿を捨て、その体躯《たいく》のほとんどが巨大な蜘蛛《くも》のように成り果てている。上半身には創造神自身の肉体を、その胸には操っているミリルを、そして後方に膨らむ巨大な腹からは、様々なモンスターの腕を何本を生やしている。

レイナを倒すため、そんな禍々しい姿へと成り果てた創造神だったが、その内心は穏《おだ》やかではなかった。

（どうしてぇ⁉　どうしてこんなことがぁ⁉）

創造神のあの悍《おぞ》ましかった姿は、今や見る影もなくなっている。

蜘蛛の足は半数を切断され、体中は傷だらけ。腹から生えていた何本ものモンスターの腕も、そのほとんどがすでに切断されてしまっている。

（ありえないぃ！　私の今の体はカオスちゃんよりもずっと硬いはずなのに、どうしてこんなに傷だらけなの⁉　私の足は⁉　あれだけあったモンスターの腕は⁉　ありえないありえないありえないぃぃぃ！）

創造神が動揺するのも致《いた》し方《かた》のないことであった。

創造神自身の体は、これまでに創り出した鉱殻蜥蜴《ラピス・リザード》よりも、混沌《カオス》よりも遥《はる》かに上質で硬いモンスターの皮膚をもとに生成されている。

だが、炎の剣を操るレイナだけでなく、あとから参戦した冒険者たちが使う、通常の鉄でできた剣でまで、超硬質《ちょうこうしつ》を誇《ほこ》る自身の肉体が傷つけられているのだ。

現在、ボロボロの姿になり、防戦一方の創造神を、レイナを中心とした複数の冒険者で取り囲むようにして戦闘が行われている。

レイナが周囲に檄《げき》を飛ばす。

「押《お》してるわよ！　このまま少しずつ創造神の肉を削《けず》って弱らせて、ミリルを無理やり引きはがせば創造神本体への攻撃《こうげき》が通るようになるはず！」

周りの冒険者の士気は、目に見えて創造神が弱っていくに従い、徐々《じょじょ》に高くなっていく。

「うおぉぉぉ！　お、俺たちが唯一神候補相手に善戦できるなんて！」

「善戦なんてもんじゃねぇ！　勝てる！　これ、勝てるって！　それもこれも、全部あの子の指示のおかげだな！」

「あぁ……。ほんとすげぇぜ！　さすが、あの神鬼《しんき》を討伐した『フェンリル教団』のメンバーだ！」

冒険者《ぼうけんしゃ》たちの言葉通り、今この場をまとめているのはレイナではなく、『フェンリル教団』のメンバーであり、料理人である、エマ・ロイであった。

創造神を囲むレイナと冒険者たちから一歩引いたところで、エマがボロボロになった創造神の体の構造をじっくりと見定める。

「右前から三本目の足、腹部に使われてる『ヨロイイノシシ』の筋肉と、『土蜘蛛《つちぐも》』の足との接続箇所《かしょ》に隙間《すきま》ができてる。あと、左の一番後ろの足の付け根に使われてる『モスキーバード』の翼膜《よくまく》がきちんと機能していないせいで、『ヨロイモグラ』の外皮に数ミリの隙間がある」

エマの指示に、レイナが即座《そくざ》に反応する。

「聞いたな！　次は三本目の右前足、それから左の一番後ろ足を狙え！」

「「「おぉ！」」」

エマが異様な洞察力《どうさつりょく》で、すぐさま自身の弱点を見抜《みぬ》いていることに創造神も気づいている。

（あのチビィィイ！　そうよ、あのチビがすべての元凶《げんきょう》よぉ！　どうして私も知らないこの体の弱点を、あんな戦えもしないチビに見透《みす》かされるのよぉ！　せっかく神様に転生したのよ!?　こんなところでやられるなんてありえないぃ！）

ミリルが埋め込まれたすぐ真下に、巨大な口が出現し、そこから消化液をまとった糸が冒険者たちに向かって吐《は》き出される。

すかさず、レイナが剣を振る。

「《炎の飛礫《フレア・レイン》》！」

レイナの炎の剣から飛んできたいくつもの火球が、創造神が吐き出した糸を難なく焼き消した。

創造神は苛立《いらだ》ったように歯を食いしばる。

「また……またあんたぁぁぁ！　邪魔《じゃま》なのよさっきからぁぁぁぁ！　そのチビを殺させなさいよぉぉぉ！」

「それはできない相談ね」

「この――」

レイナに気を取られていたその瞬間、周囲に回り込んでいた冒険者たちが、左右それぞれ一本ずつの足の切断に成功すると、ついに創造神は立っていることさえできなくなり、その場に、ドシンッ！　と座《すわ》り込んでしまった。

動けなくなった創造神を見て、冒険者たちがここぞと勢い付く。

「よし！　今だ！　ミリルを引きずり出せ！」

「引っ張れ！　引っ張れ！」

「うおぉぉぉぉ！」

創造神の体からミリルを引きはがそうとする冒険者たちだったが、どれだけ引っ張ってもビクともしなかった。

「くそっ！　だめだ！　動かねぇ！」

「どうする⁉　ミリルと分離《ぶんり》させないと本体にダメージが通らないんだろ⁉」

「他に手はないのか⁉」

もちろんレイナは、ミリルを殺せば創造神に攻撃が通るようになる、ということは、ツカサから聞いて知っていた。

レイナはエマを守りながら、悔しそうに唇《くちびる》を噛《か》みしめる。

（やっぱり、ミリルを殺すしか創造神から引きはがす方法はないの……？　できれば他の方法を模索《もさく》したかったけど、これ以上戦闘を引き延ばすのは得策と言えないわね……）

ミリルの体を引きはがそうとする冒険者たちに、創造神は苛立ったように怒声を張った。

「調子に……乗るんじゃないわよぉぉぉ！」

その声は衝撃波《しょうげきは》となり、ミリルを引っ張っていた冒険者たちは吹き飛ばされてしまう。

直後、ミリルの下にある大口から、ドラゴンの首が生えたかと思うと、それはまっすぐエマに向かって伸びてきた。

エマは、そのドラゴンを指差し、

「頭頂部の後ろ」

エマの言葉にすぐさま反応し、レイナが伸びてきたドラゴンの首、その頭部の後ろに炎の剣を突《つ》き刺《さ》すと、ドラゴンの首は自重を支えきれなくなり、そのまま地面に顔を突っ込ませて動かなくなった。

その様子に、エマは補足する。

「『プリズムドラゴン』は、頭頂部の後ろに首を支えるための筋肉がある。だからそこを切断すれば、もう首を支えることはできない。ちなみに下顎《したあご》の筋肉は塩茹《ゆ》ですると身が引き締《し》まってすごくおいしくなる」

エマの言葉に、レイナが困惑《こんわく》する。

「た、食べられるの、これ？」

「超高級《ちょうこうきゅう》食材。角からとれる出汁《だし》もおすすめ」

たった今自分を襲《おそ》おうとしたドラゴンの首を食材扱いしているエマにドン引きするレイナ。

「そ、そう……」

そんな二人の様子に、創造神は沸々《ふつふつ》と怒《いか》りが込み上げてきた。

「な、なにが超高級食材よぉ……。私がせっかく苦労して集めたレア物を、全部ダメにしてくれちゃってぇ……。あんたたち、ほんとに許さないからねぇ……」

すでにまともに動くこともできなくなっている創造神に、レイナは勝ち誇ったように告げる。

「何が、許さない、よ。もう勝敗は目に見えてる。降参してミリルを解放すれば、痛みを感じる間もなく一瞬で討伐《とうばつ》してあげるわよ」

「はぁ～……。キメラちゃんは一体創るのにも時間も魔力もかかるから、できればこの手は使いたくなかったんだけどぉ……。いいわ。認めてあげるぅ。あんたたちは、私の全力をもって八《や》つ裂《ざ》きにしてあげるわぁ」

「なんですって……？　いったい、何を言って……？」

「私のかわいいかわいいキメラちゃんたちぃ！　さぁ、私の中にお入りなさぁい！」

天高く両手を広げる創造神。

すると、町中で他の冒険者たちと戦闘を繰り広げていたキメラたちが、一斉《いっせい》にわらわらと創造神のもとへと集結し、全身に取り込まれるように創造神へ吸収されていく。

まるで飴玉《あめだま》に群がるアリのようにキメラが創造神に山となって重なると、やがてそれらは一つになり、そこには蜘蛛になった時と同様、一切《いっさい》の傷がない創造神の姿があった。

だがその皮膚の表面には魔法《まほう》で刻まれた紋《もん》がいくつも浮《う》き出ており、放つ殺気は最初とは比べ物にならないほど強大なものへと変化していた。

その姿を見たレイナは、あまりの強大さに思わず両膝《りょうひざ》を地面につけた。

レイナのその様子に、エマが心配そうに声をかける。

「レイナ？　どうしたの？」

レイナは震《ふる》える声で答えた。

「だめ……。あれには……勝てない……。あいつ、本当に、今までは全力なんかじゃなかったんだ……。これが、唯一神候補……本当の……創造神……」

第三十話『創造神と記録神《きろくのかみ》』

真の力を解放した創造神は、戦意さえ削《そ》いでしまう程《ほど》の圧倒的な覇気《はき》を放っていたが、その場では最も腕《うで》の立つレイナだけがその事実に気づき、それ以外の冒険者たちは勢いを弛《ゆる》めなかった。

「何が全力だ！　さっきまでと同じじゃねぇか！」

「そうだそうだ！　やっちまえ！」

「おぉぉぉぉ！」

そうやって剣を振り上げた冒険者たちだったが、次の瞬間には向かっていった全員が、一瞬で肉片《にくへん》へと変えられてしまった。

創造神の体中から生えたモンスターの腕が、細切れになった冒険者たちの肉を掴《つか》んでいる。

そのあまりの速さに、レイナは愕然とした。

（速すぎる……まったく……見えなかった）

創造神は自分自身の手を苛立ったように見つめている。

（ちっ！　いつの間にかカオスちゃんの存在が消えてるじゃなぁい……。これじゃあ、本来の力の半分しか出せないのにぃ！）

レイナが怯《おび》えているのに気付き、創造神は打って変わって勝ち誇ったように言う。

「あらぁ？　やっと自分の立場が分かったようねぇ〜。そうよぉ！　あんたたち人間はねぇ、そうやって絶望に顔を歪めているのがお似合いなのよぉ！　おほほほほ！」

創造神は戦意を失ったレイナではなく、その後ろに立っているエマを睨《にら》みつけた。

「まずはガキィ、あんたからよぉ。散々私のことバカにしてくれちゃってぇ。うふふ。どうぉ？　これから殺される気分はぁ？　怖《こわ》いぃ？　泣きたいぃ？　頭を地面にこすりつけて私の足を舐《な》めるなら、四肢《しし》切断くらいで勘弁《かんべん》してあげなくもないわよぉ？　おほほほ！」

脅《おど》しをかける創造神だったが、エマは驚《おどろ》くほど平常に、創造神の女の姿をした上半身と、蜘蛛の姿をした下半身の境目を指差して言った。

「上半身の付け根」

怯える様子もなく、どこか自信ありげにそう言ったエマに、創造神は間抜《まぬ》けな声を漏《も》らす。

「は？　あんた、何言って――」

そして、どこからともなくその声は轟《とどろ》いた。

「《狼の大口《ネメシス・アギト》》オオオオオオオ！」

創造神の背後から出現する巨大なフェンリルの頭部。しかも、そのフェンリルの頭部は通常よりも二回り以上大きくなっている。

そして、その向こうにいる一匹の犬。

創造神はタロウの姿を見つけると、ぎょっと目を見開いて驚いた。

「まさかあの状態から回復するなんて――」

バクンッ。

巨大化《きょだいか》した《狼の大口《ネメシス・アギト》》のフェンリルの頭部が口を閉じると、エマが指摘《してき》した通り、ちょうど創造神の女の姿をした上半身以外を口の中に含《ふく》むように、鋭い牙《きば》で切断することができた。

残った創造神の上半身がドサッと地面に落ちると、フェンリルの頭部はたった今口に含んだ蜘蛛の姿をした胴体《どうたい》をボリボリと咀嚼《そしやく》し、ごくんと一息に飲《の》み込んだ。

それからぺろっと舌が出てくると、そこにはフェンリルの唾液塗《だえきまみ》れになりながらも、無傷で気を失っているミリルの姿が現れた。

フェンリルの舌に乗ったミリルを、後ろから走ってきたソフィアが慌てて抱《かか》え込《こ》む。

「ミリルさん！　大丈夫ですか⁉」

「う、う～ん……」

「よかった……。無事みたいですね……」

役目を終えたフェンリルの大口が消えると、上半身だけ残された創造神を、近づいてきたタロウが見下ろした。

「さて。お前には聞きたいことがたくさんある。すべて話してもらうぞ」

◇　◇　◇

タロウが目を覚ましたのは、レイナたちのところにくる数分前だった。

瓦礫《がれき》になった民家の中で目を覚ましたタロウの視界いっぱいに、何故《なぜ》だか汗《あせ》だくで息を荒《あら》くしているソフィアがいたので、驚いて思わず前足でソフィアの顎《あご》を蹴り飛ばしてしまった。

「うわぁ⁉　な、なんだ⁉　……あ、あれ？　ソフィアか？　すまん……。てっきり変態かと……」

ソフィアは蹴られた顎を押さえながら、

「い、いえ……大丈夫です……元気になってなによりです」

「ところで、ここはどこだ？　創造神はどうなった？」

そこでソフィアから詳《くわ》しい話を聞き、自分自身が瀕死《ひんし》の重傷を負っていたこと、そして、その傷をソフィアが治療《ちりょう》したこと、その間ペティが近づくキメラを討伐して守ってくれていたことなどを聞かされる。

「そうだったのか……。ありがとう。ソフィア、ペティ」

ソフィアはデレデレと口角を緩《ゆる》め、ペティは恥《は》ずかしそうに大きな体で会釈《えしゃく》をした。

ソフィアは心配そうにたずねる。

「ところで本当に怪我《けが》はもう平気ですか？」

「あぁ。それどころか、今はすこぶる調子がいい。なんだろう……。沸々と、力が湧《わ》いてくるような感覚だ」

「そうなんですか？　ならよかったです！」

安堵《あんど》するソフィアを他所に、ペティは心配そうに告げる。

「すす、少し前に……キメラたちが全員……あああ、あっちの方向に吸い寄せられたの……もも、もしかしたら、なにかあったのかも……あわわ！　べべべ、別にあったかもっていうだけで、確証とかはなにもないんだけど！」

「ふむ……。それは怪《あや》しいな。よし。行ってみよう」

そうして、タロウたちはレイナたちと合流することになった。

◇　◇　◇

《狼の大口《ネメシス・アギト》》で創造神の蜘蛛の胴体を食いちぎった直後。

「さて。お前には聞きたいことがたくさんある。すべて話してもらうぞ」

……なんてかっこよく言ってはみたものの、え？　何さっきの《狼の大口《ネメシス・アギト》》。なんかすっげデカくなかった？　え？　え？　俺《おれ》寝《ね》てる間にレベルアップした？　あれ？

つーか勢い余ってミリルまで食っちまったことに気づいて慌てて吐き出したんだけど、マジで危なかったたぁぁ！　もう少しで一緒《いっしょ》に飲み込むところだったたわ！

内心で心臓バクバクなのを悟《さと》られないようにできるだけ平静を装《よそお》うと、上半身だけになった創造神が今にも泣き出しそうな顔で媚《こ》びるように言った。

「お、お願いぃ！　見逃してちょうだい！　あんたも同じ転生者なんでしょ!?　そ、そうだ！　あんたも私たちと手を組めばいいじゃなぁい！　一緒に世界を治めましょう！　ねっ？　ねっ？」

「あんたも、ってことは、他にも仲間がいるんだな？　聞いたぞ。ミリルがしてる十字架《じゆうじか》のペンダント、あれがカミガカリを探すレーダーみたいな役割をしてたって。言え。その仲間ってのはどんな奴《やつ》で何人いる？　あの十字架のペンダントはどこで手に入れた？……あ、そうだ。あと『ハレルヤ草』を盗《と》ったのもお前か？」

「な、仲間っていうのは他の唯一神候補《ゆいいつしん》のことで、私たち、一緒に手を組んで、その中の一人を唯一神に推薦《すいせん》する計画なのぉ。で、でねぇ、その方が唯一神になったら、私たちも一緒に世界を治めるお手伝いをさせていただけるのぉ。仲間は全部で何人いるのかは知らないんだけどぉ、最低二人はいるはずよぉ。あのペンダントもその仲間からもらったのよぉ。『ハレルヤ草』はもう食べちゃったわぁ……。唯一神候補には効果がなかったみたいだけどぉ」

　唯一神候補同士で組んでるのか……。

　そしてヘイトス、残念だったな。『ハレルヤ草』食われてたわ……。

「どうしてソフィアを……カミガカリを探してたんだ？」

「そ、それは、あの方からの命令なのぉ。カミガカリって呼ばれる、神を覚醒《かくせい》させる魔力を持った人間を体内に取り込むと、尋常《じんじよう》じゃないほど強くなれるって言ってたわぁ」

神を覚醒させる魔力……。

もしかして、さっき発動した《狼の大口《ネメシス・アギト》》が異様に大きくなってたのって、ソフィアの治癒魔法《ちゆまほう》を通して、俺の体にソフィアの魔力が送り込まれたのが原因なのか？

そう言えば、さっきまであれだけ絶好調だったのに、今は普通《ふつう》に戻《もど》ってるな……。

「言え。さっきから言ってる、『あの方』ってのは誰だ」

創造神は一度言《い》い淀《よど》むも、その名を口にする。

「『記録神《きろくのかみ》』、クライム様よぉ……」

記録の神？　記録を司《つかさど》る神か……？

聞いただけだとあまり強そうじゃないが……。

いったいどんな神なんだ？

俺が創造神にたずねる前に、ミリルを介抱《かいほう》していたソフィアがボソリと呟《つぶや》く。

「記録神……」

「なんだ？　ソフィアは知ってるのか？　もしかしてこの世界だと有名な唯一神候補か？」

「知ってるも何も……。記録神は三百年前、私の住んでいた国、ヴィラルを滅《ほろ》ぼした最強最悪の邪神《じゃしん》の名前です」
「なっ⁉」

第三十一話『柴犬《しばいぬ》と粛清《しゅくせい》』

その名前からは想像もしなかった返答に驚いていると、創造神を中心にして、突如《とつじょ》魔法《まほう》陣《じん》が浮かび上がった。

魔法陣を目にした瞬間《しゅんかん》、そこから放たれる禍々《まがまが》しい気配に思わず全身の毛が逆立った。

「おい！　みんな魔法陣から離《はな》れろ！　それはヤバい！」

慌《あわ》てて魔法陣から飛び出すと、上半身だけになってまともに動けなくなった創造神だけがその中に取り残された。

創造神はその魔法陣に酷《ひど》く怯えている。

「ちょ、ちょっと待ってぇ！　まだ死にたくないぃ！　私はまだまだ欲《ほ》しいものがたくさんあるのぉ！　だからお願いぃ！　殺さないでぇぇぇ！」

魔法陣から、創造神を押し上げるようにぬぅっと現れたのは、巨大《きょだい》な手のひらだった。

「なんだ……これは……？」

呆然とその手のひらを見つめていると、突然《とつぜん》後ろから声が飛んでくる。

「タロウくん！　早く創造神にトドメをさして！」

声がした方を見ると、ピンク色の髪をツインテールにまとめた女神《めがみ》リリーが、慌てた様子で巨大な手のひらの上に乗った創造神を指差していた。

「リリー⁉　お前、久しぶりに出てきたと思ったら何を——」

「いいから早く！」

と、リリーに急《せ》かされたのだが、状況《じょうきょう》についていけなかった俺《おれ》はリリーの指示通りに動くことができず、創造神を乗せた巨大な手のひらはゆっくりと指を曲げていった。

やがて巨大な拳《こぶし》の形になったソレは、小刻みに震えるほど力を込めると、中からボキボキと耳障《みみざわ》りな音がして、次に指が開かれた時には、創造神は目も当てられないような無残な姿に変わっていた。

それを見たリリーが、あちゃー、という風に頭を抱える。

「あーあ。いいとこ取りされちゃったねー、タロウくん」

「いいとこ取り？　……ん⁉　も、もしかしてそれって、あのでっかい手のひらが創造神を討伐したことになって、俺は創造神の神格スキルを手に入れられないってことか⁉」

「だからもうー、ずっとそう言ってたのにぃー。タロウくんの間抜けー。ふわふわー。もふもふー」

「後半悪口になってないぞ……。つーか今回は随分《ずいぶん》出てくる機会が少なかったじゃねぇか」

「いやぁ、ほんとはもっと遊びに……助けに来たかったんだけど――」

え？　今遊びにって言った？

こいつ、俺たちが命かけて戦ってるのに毎回遊び感覚で来てたの？

「――あのミリルちゃんって子の中に他の唯一神候補が入ってるんだもーん！　リリーそういうのすぐ言っちゃうタイプだから、邪魔しないように見てるだけにしてたんだよっ」

「邪魔しないようにって……わかってたんなら教えてくれてもいいじゃねぇか」

「だめだめっ。リリーは公平中立な立場だからねー。もしリリーが口を滑《すべ》らせたら、タロウくんが失格扱いになって、あっという間にバイバイされちゃうからねっ」

バイバイされちゃうの？

女神怖《めがみこわ》い……。

さらっと恐ろしいことを言うリリーに引いていると、リリーと同じく、天使の翼《つばさ》を持った女神がいつの間にかリリーのすぐ横に浮かんでいた。

その女神はぼそぼそと覇気のない声で、

「……じゃあ、私の仕事はこれで終わりだから……リリーは最後まで残れたらいいね……」

「あっ！　『欲張り好き』のヲルト！　もう帰っちゃうの？」

「……まぁ……元々こっちは好きじゃないし、上の方が気楽だから……またね……」

「へぇ。じゃあねっ、ヲルト！　また遊ぼうねっ！」

女神同士の会話軽いな……。

リリーから目を離すと、エマがキョロキョロと落ち着かない様子で周囲を見回しているのに気が付いた。

「エマ？　どうかしたのか？」

「……ツカサちゃんは？」

「ツカサ？　一緒じゃないのか？」

どうやらツカサは別行動をとっていたらしい。

まさか、ツカサの身に何か……。いや、あのツカサに限ってそれは……。

不穏《ふおん》な想像をフルフルと頭を振《ふ》って払《はら》いのけると、何かを発見したのか、途端《とたん》にエマがその場から走り出した。

どうしたのかとエマの行く先を目で追ってみると、数人の冒険者たちがこちらに向かって歩いて来ており、そのうちの一人がぐったりとしているツカサを背負っていた。

「ツカサ！」

エマに遅《おく》れて駆《か》け寄ると、ツカサを連れてきた冒険者の一人が泣きそうになりながら言った。

「こいつは……こいつは、俺たちを守ってずっと戦ってくれたんだ！　けど、敵を倒《たお》したあと、動かなくなっちまって……」

目を覚まさないツカサの口に、混乱したエマが無理やりパンを押し込もうとする。

「ツ、ツカサちゃん！　パ、パン！　パンあげるから元気になって！」

「しっかりしろ、エマ！　パンはそこまで万能《ばんのう》じゃない！　ソフィア！　ツカサを見てくれ！」

「はい！」

それまで介抱していたミリルをペティに任せ、ツカサに駆け寄ったソフィアだったが、すぐにこちらを振り返り、

「あ、これ寝《ね》てるだけっぽいですね！」

「あ、そう……」

ソフィアのその言葉に安堵したのか、ツカサを運んでくれた冒険者たちはその場に泣き崩《くず》れた。

「よ、よかったぁ……俺たちずっと、ツカサのこと勘違《かんちが》いしてて……謝《あやま》りたくて……よかったぁ、ほんとによかったぁ……」

エマも、ツカサが無事だと聞いて安心したのか、差し出していたパンをもそもそと自分で食べ始めた。

「ツカサちゃん……。無事でよかった……。安心したらおなかが減った」

安心してからおなか減るまで秒速すぎない？

それから、俺たちの戦いを遠巻きに見ていたのか、周囲の民家や瓦礫の中から冒険者たちがぞろぞろと姿を現すと、

「すげぇ……。あの化け物を一撃《いちげき》で倒したっていうのかよ……」

「あの犬がフェンリルだって噂《うわさ》はほんとだったのか！」

「犬神万歳《ばんざい》！　犬神万歳！」

【一定以上の信仰心《しんこうしん》により、神格スキル《神速《しんそく》》を獲得《かくとく》、ステータスが強化されました。《神速》の獲得により、下位スキル《瞬光《しゅんこう》》は放棄《ほうき》されます】
◇◆◆◇◆◆◇◆◆◇◆◆◇◆◆◇◆◆◇◆◆◇◆◆◇

［ステータス］
〈名前〉タロウ
〈種族〉フェンリル
〈職業〉使《つか》い魔《ま》
〈称号《しょうごう》〉犬神フェンリル

体力：10000→12000
筋力：7500→9500
耐久《たいきゅう》：3500→3600
俊敏《しゅんびん》：10200→23000
魔力《まりょく》：13100→20000

〈神格スキル〉：《狼の大口《ネメシス・アギト》》・《影箱《かげばこ》》・《超嗅覚《ちょうきゅうかく》》・《混沌の残像《ケイオス・デジャヴュ》》・《神速》

〈通常スキル〉：《麻痺《まひ》無効》・《麻痺牙《パラライズ・ファング》》・《念話》・《ケダモノの咆哮《ほうこう》》・《爪撃《そうげき》》

〈新神格スキル詳細《しょうさい》〉

《神速》：限界を超《こ》えて己《おのれ》の速度を上昇《じょうしょう》させる。

◇◆◆◇◆◆◇◆◆◇◆◆◇◆◆◇◆◆◇◆◆◇◆◆◇

そんな歓喜《かんき》の声に包まれながら、ようやく戦いの幕は閉じた。

エピローグ

あれから数日が経過した頃《ころ》、俺たちはヴォルグで瓦礫の片づけや、復興の手伝いをしていた。

大きな瓦礫を運び、うんと腰《こし》を伸《の》ばしているミリルに問いかける。

「よぉ、ミリル。体はもう平気か？」

「あっ、タロウさん！　えぇ、まぁ、おかげさまで……」

「ミリルは本当に何も覚えてないのか？　創造神に体を乗っ取られた時のことも、どうしてあの十字架をしていたのかも」

「そうなんすよね〜。ここ一ヶ月だか二ヶ月だかの間、たまーに寝落《ねお》ちすることが増えたなぁ、程度には違和感《いわかん》はあったんですけどね。あの十字架も、気づいたら首にぶら下がってたので、なんかおしゃれだったのでそのまま使ってました！」

「生き方がおおざっぱすぎる……」

「あはは！　……けど、皆《みな》さんにはご迷惑《めいわく》をおかけしたみたいで、その分頑張《がんば》って恩返しさせていただきます！」

「気にするな。お前は被害者《ひがいしゃ》で、悪いのは創造神だ。それはもうみんな知ってることだ」

「はい……。けど、カルシュ騎士団長《きしだんちょう》やみんなが死んじゃったのは、やっぱりちょっと寂《さび》しいですね……」

落ち込んだ様子のミリルだったが、その向こうで同じ騎士団の連中がこちらに向かって手を振った。

「おーい、ミリル！　こっちも手伝ってくれー」

「あ、はーい！　今行くっす！」

元気よく返事をしたミリルに、一言だけ告げる。

「お前にはまだ仲間がいる。これから騎士団がどうなっていくのかはお前たち次第《しだい》だ。がんばれよ」

「はいっ！」

満面の笑《え》みを浮かべ、ミリルは仲間たちのもとへ走って行った。

次の瓦礫を運ぼうと思ったら、野太い男たちの声が聞こえてきた。

「おーい！　ツカサの姉さん！　これってこっち運べばいいんですかい？」

「ツカサの姉さん！　これどこに置けばいいですか？」

「ツカサの姉さん！」

そんな野太い男たちの声に、ツカサが短いため息を吐《つ》いて応対する。

「何度も言うが、その呼び方はやめろ……」

「いえいえ！　ツカサの姉さんは俺たちの命の恩人ですから！」

「はぁ……もうわかったよ」

「はい！　ツカサの姉さん！」

「………」

こんな具合で、ツカサへのあらぬ噂は日に日に薄《うす》らいでいる。

視界の端《はし》でエマが仕事をサボって干し肉をむさぼっているのに気付いたが、それには気づかないふりをしてそっとやりすごした。

その後しばらく瓦礫撤去《がれきてっきょ》の仕事をしていると、思いつめたような表情を浮かべているソフィアを発見した。

「ソフィア、大丈夫《だいじょうぶ》か？」

「あ、タロウ様……。ええ、もちろん大丈夫ですよ」

「記録神のことを考えていたのか？」

「……はい」

ソフィアが住んでいた国、ヴィラルを滅ぼした仇敵《きゅうてき》、記録神。

創造神を葬《ほうむ》った時に出現した魔法陣が放つ禍々しさを思い出すと、それだけで鳥肌《とりはだ》が立った。

「記録神と戦うの、リリーはあんまりおすすめしないかなぁ」

いつの間にか空中に浮かんでいたリリーは、どこか心配そうに眉《まゆ》をひそめている。

「相変わらず神出鬼没《しんしゅつきぼつ》だな……。で？　記録神と戦うなってのは、相手がそれだけ強いってことか？」

「う～ん……。立場上、あんまり具体的なことは言えないんだけどねっ。記録神っていうのは、元々そんなに強い唯一神候補じゃなかったんだけど、文字通り記録を司ってる神様だからねっ。選定の儀《ぎ》を繰《く》り返せば繰り返すだけ、その記録を次に持ち越《こ》せるみたいだから、最近じゃあ、もう誰《だれ》も敵《かな》わないくらい強くなっちゃってるんだよねっ」

「記録を持ち越せるって、つまり……俺以前のフェンリルとの戦いが記録されてたら、こっちの手の内はすでに筒抜《つつぬ》けかもしれないってことか？」

「そうなるねっ！」

「そうなるねって……」

「けど、タロウくんががんばるって言うならリリーは応援《おうえん》するよっ！　おすすめはしないけど！」

「あぁ、そう……」

そう言い残し、リリーはいつものようにその場から霧《きり》のように消え去った。

今までの選定の儀の記録を持ってる敵だなんて、そんなのどうやって倒せって言うんだよ……。

と、思わず弱音を吐きそうになったが、ソフィアが心配そうな表情を浮かべていたのでぐっと言葉を呑《の》み込んだ。

「そんな顔するな。ま、俺たちならなんとかなるさ」

「タロウ様……」

そこへ、レイナが背後から忍《しの》び寄ってきて、俺の体をひょいっと持ち上げる。

「あら？　タロウ、昨日よりちょっともふもふ感が増した？」

ソフィアが慌ててレイナから俺をぶんどった。

「ちょっと、レイナさん！　私の許可なくタロウ様をもふもふするのはやめてください！」

俺許可制なの？

レイナは物欲《ものほ》しそうにこちらに手を伸ばしている。

「あぁ～、もう～……」

と、残念がったレイナは、少し真剣《しんけん》な口調に変わり、

「それはそうとね、ようやく記録神に繋《つな》がる情報が手に入るかもしれないのよ」

「なにっ⁉　それは本当か⁉」

「ええ。あなたたちも知ってると思うけど、ほら、神鬼《しんき》と一緒にいて、今リラボルで拘束《こうそく》されてるエリザって人が持ってる魔眼。あれで、ミリルが持ってたカミガカリを見つける十字架を調べれば、敵の拠点《きょてん》が分かるかもしれないらしいの」

「敵の拠点が……？　つまりうまくいけば、こちらから先手を打てるってわけか」

「ええ、そうなるわね」

レイナの言葉に、ソフィアが意を決したように言う。

「行きましょう、タロウ様。今度こそ、記録神の好きにはさせません！」

こうして、俺たちの次の目的が決定した。

了《りょう》

あとがき

お久しぶりです。六升六郎太です。

最近フィギュアケースを購入したので、そこに今まで出版した本を全部飾ってみました。柴犬フェンリルの分厚さに圧倒されました。がんばりました。


今回はあとがき短めなので、突然ですが本題です。

なんと『フェンリルに転生したはずがどう見ても柴犬』のコミカライズが決定しました！「ヤンマガＷｅｂ」様での連載になりますので、スマホからでも気軽に柴犬フェンリルのコミックが読めることになります！

自分で書いた小説が、漫画家さんの手で彩られていくのは本当に嬉しい限りです。楽しみ過ぎてコミカライズの連載開始まで眠れそうにありません！

正確な連載開始日などが決まれば、随時ツイッターでつぶやきますので、お楽しみに！

謝辞です。

いつもお世話になっております担当編集様。今回も引き続き作品作りに携わっていただきありがとうございます。今後ともよろしくお願いいたします。

前作より引き続きイラストを担当してくださいましたにじまあるく先生。いきいきとしたかわいらしいキャラクターの仕草や、ここぞというところで力強い表情を表現していただきありがとうございました。今後ともぜひよろしくお願いいたします。

最後に、本書を手に取ってくださった読者の皆様。本当にありがとうございます。

3巻でも応援していただけますと幸いです。

小説第⑧巻は2023年10月発売!
作画／大前貴史
原作／明鏡シスイ
キャラクター原案／tef
8
信じていた仲間達にダンジョン奥地で殺されかけたが
ギフト『無限ガチャ』で
レベル9999
の仲間達を
手に入
元パーティーメンバーと世界に復讐&
『ざまぁ!』します!
週刊少年マガジン公式アプリ
「マガポケ」にて
好評連載中!!
作画：大前 貴史
原作：明鏡シスイ キャラクター原案：tef
コミックス
最新第⑧巻も
好評発売中!

信じていた仲間達にダンジョン奥地で殺されかけたが
ギフト『無限ガチャ』で
レベル9999の仲間達を
手に入れて
元パーティーメンバーと世界に復讐&
『ざまぁ!』します!
「小説家になろう」
四半期総合ランキング
第1位
(2020年7月9日時点)
①～⑦巻
好評発売中!!
レベル9999で
圧倒的無双!!!!!!
明鏡シスイ
イラスト／tef

コミカライズも連載中の
スナイパー英雄譚！
漫画：瀬菜モナコ
原作：かたなかじ　キャラクター原案：赤井てら
著／かたなかじ
イラスト／赤井てら
発売予定!!

魔眼と弾丸を使って
異世界をぶち抜く!
第17巻 2023年夏

HJ NOVELS
HJN69-02

フェンリルに転生したはずがどう見ても柴犬2

柴犬(最強)になった俺、もふもふされながら神へと成り上がる

2023年5月19日　初版発行

著者——六升六郎太

発行者—松下大介
発行所—株式会社ホビージャパン
〒151-0053
東京都渋谷区代々木2-15-8
電話　03(5304)7604（編集）
　　　03(5304)9112（営業）

印刷所——大日本印刷株式会社

装丁——ansyyqdesign／株式会社エストール

定価はカバーに明記してあります。

Printed in Japan

ISBN978-4-7986-3139-4　C0076